Mingjia Jingpin Yuedu

名家精品阅读

鲁迅

散文·杂文

主编 高长春/简析 张 萌

鲁迅◎著

吉林出版集团／吉林文史出版社

一套批注式阅读的好书

李晓明

　　批注式阅读是我国传统的阅读方式之一。有些读者喜欢读书时在文中空白处写下自己独到的见解和感受，留下阅读时思考的痕迹，这样的阅读就是批注式阅读。

　　我国从古代开始就风行批注式阅读。俗称"春秋三传"的《左氏春秋传》、《春秋公羊传》、《春秋谷梁传》因对《春秋》的出色批注而出名，这三本批注式读本的出现，为《春秋》的广泛传播起了推波助澜的作用。汉魏时期，郦道元也因批注《水经》，而使他写的《水经注》名誉天下。东晋时期史学家裴松之批注的《三国志》，在查阅大量史料的基础上，以超过原文三倍的批注内容丰富了原书，使许多失载的史实得以保存。明清以来，小说盛行，批注之风日盛。如金圣叹批注《水浒传》，毛氏父子批注《三国演义》，张竹坡批注《金瓶梅》，脂砚斋批注《红楼梦》。这些优秀的批注笔记随同原著一起刊出，风行一时，成为其他读者再次阅读时的可贵借鉴，也成为文化界交流的重要方式之一。

　　近现代以来，批注式阅读仍然是伟人和有思想的文人读书的重要方式之一。毛泽东就有不动笔墨不读书的习惯。《毛泽东点评二十四史》对中国历史的研究和独到见解为世人所叹服。鲁迅先生也提出读书要眼到、口到、心到、手到、脑到。

　　国外的很多文学家和伟人也有批注式阅读的习惯。如列宁的《哲学笔记》就是由他读书时的批注和笔记汇编而成的马克思主义哲学的经典著作。

批注式阅读不应该只是文学家、史学家、哲学家的专利，它完全可以被普通的读者所掌握，成为一种值得提倡的阅读方式。当前，在中学广泛使用批注式阅读方式培养学生读书能力的，当首推东北师范大学附属中学。他们的具体做法是：全班同学同时阅读同一本书，每个人都在书旁的空白处写下自己的"书间笔痕"，在篇末写下"篇后悟语"。然后在全班的读书报告会上交流自己的感悟，写得最好的感悟文字作为全班的阅读心得在年级进行交流，再选出最好的感悟文字集结成书。东北师大附中在进行"语文教育民族化"的教改实验中，把批注式阅读的成果汇编成《启迪灵性的语文学习方式 孙立权"批注式阅读"教例》，成为各校开展批注式阅读的范例。

　　批注式阅读的好处是显而易见的。

　　首先，批注式阅读培养了读者的思维能力。与一般的读书不同，批注式阅读强调读者对读物的思考和独到的见解。大师们写下了自己的作品，有了自己的话语权。作为读者的我们，也不能丧失自己的话语权，不能只是被动地阅读别人的作品。批注式阅读提倡读书时发表个人的独到见解，即所谓"一千个读者就有一千个哈姆雷特"。鲁迅先生在《读书杂谈》中提倡读书时"仍要自己思索，自己观察。倘只看书，便变成书橱"，诺贝尔文学奖获得者萧伯纳和德国哲学家叔本华也都告诫过读者，如果读书时只能看到别人的思想艺术，不用自己的头脑思索的话，实际上是把自己的脑子让给别人做跑马场。孔子曰"学而不思则罔"，讲的也是同样的道理。如果不想把自己变成只会吸收别人思想的书橱，或者让自己的头脑完全变成别人的跑马场，那么，就学习一下批注式阅读吧。

　　其次，批注式阅读培养了读者的写作能力。因为批注式阅读是一种不动笔墨不读书的阅读方法，它直接培养了读者的写作能力。尤其是每篇作品后面的"篇后悟语"，简直就是一篇完整的评论文章。读书时常常动笔把自己的点滴体会记录下来，坚持这样做，一定会在写作能力的培养上有巨大的收获。

再次，批注式阅读促使读者自觉扩大阅读的广度。在东北师大附中的批注式阅读教改实验中发现，同学们为了提高自己的批注水平，常常出现"以文解文"、"以诗解诗"的情况。即阅读一篇文章或一首诗时，引用同类作品进行解读，批注效果往往令人拍案称奇。在批注王维的《辋川闲居赠裴秀才迪》的"倚杖柴门外，临风听暮蝉"一句时，就有两名同学分别写到："颔联与王籍《入若耶溪》中'蝉噪林逾静，鸟鸣山更幽'有异曲同工之妙：用声响来反衬所在环境的静雅清幽。""这是'居高声播远，因是藉秋风'，与虞世南的'居高声自远，非是藉秋风'不同。"同学们为了写出自己的独到见解，查阅更多的同类作品，不仅提高了自己的批注水平，也扩大了知识面。

　　最后，批注式阅读为读者间的交流提供了平台。一般认为，读书只是个人的活动，与他人无关。但批注式阅读不同，它可以把批注的成果提供给别人，成为大家交流思想和见解的平台。像脂砚斋批注的《红楼梦》、金圣叹批注的《水浒传》等，对后世读者的启迪作用是有目共睹的。即使在中学生中进行的批注式阅读，也在全班、全年级乃至更大的范围内，提供了大家交流思想、发表不同见解的平台，这种同龄人之间的读书心得交流，是非常有益的。

　　我们出版的这套"名家精品阅读"与同类读物不同，它不仅向读者提供了优秀的文学作品，同时在每一页给读者留下了写批注式阅读心得的空间，使读者可以很方便地、随时写下自己的读书心得。如果几十年后，拿出本书看一看，你会惊喜地看到自己当年心灵成长的轨迹。

　　我们在每本书的前面精选了一篇作家的代表作进行批注式阅读，给大家提供一个样本。读者们也可以根据自己的喜好，从不同的角度进行批注。相信读者们一定会写出比范文更优秀的读书心得，让阅读成为一件非常快乐的事情。

2011 年 9 月于东北师范大学文学院

中学生阅读视野下的鲁迅散文杂文

张 萌

　　提到中国现代文学，就不能不提到鲁迅先生。

　　鲁迅先生，原名周树人，清末出生于浙江绍兴一个没落官宦之家。其祖父因为科场舞弊案而被贬谪下狱，父亲在其十五岁时病故，从此家道中落。年幼的鲁迅遭逢家庭变故，看尽了世态炎凉，磨炼了他犀利冷峻的批判精神，对他后来一生的创作都产生了深刻的影响。鲁迅先生自己曾说："有谁从小康人家坠入困顿的么，我以为在这途路中，大概可以看见世人的真面目。"（《〈呐喊〉自序》）1898 年起，鲁迅考入洋务派创办的江南水师学堂，翌年转入江南陆师学堂附设的矿路学堂，1902 年被官派保送赴日留学。

　　赴日留学的鲁迅目睹了日本明治维新后建立的近代资本主义国家的强大，对他的思想产生很大冲击，为了唤醒国民，寻求救国救民的道路，先生放弃了原来的医学专业，决心走上文学道路，开始从事文学活动。散文集《朝花夕拾》中记叙的大都是这个时期以前的生活片断。其后，鲁迅于 1909 年回国，开始了直至 1936 年病逝始终不辍的文艺探索与斗争。

　　阅读对于语文学习乃至一个人终身语文素养的形成都具有至关重要的作用，阅读的选择是至关重要的。鲁迅先生的文章以其鲜明的个性、丰富的内涵、磅礴的气势，当之无愧地位于中国现代文学的前列。同样，对于正处于人生观世界观初步形成阶段，容易接受新鲜事物的中学生来说，选择阅读鲁迅是正确和必要的，而了解鲁迅先生的生平，对于理解其文艺作品具有重要意义。

鲁迅先生的文章以其含义丰富、深刻犀利闻名遐迩，然而正是由于如此，他的文章也不容易理解。特别是对于生活在近一个世纪后的当今青少年，没有足够的历史文化知识积累、一定的人生阅历、较为成熟的思想，都无法准确地把握鲁迅的文章内蕴，容易形成阅读障碍。阅读鲁迅，可借鉴的辅助资料比比皆是，其中有以下几个方面须引起中学生读者的注意。

首先，鲁迅先生在各种文体创作中取得最突出的成就无疑是他的杂文创作。尽管杂文创作古已有之，杂文作者向来不乏其人，而鲁迅的杂文无疑将杂文创作引领向一个新的高度。他在杂文中针砭时弊，深刻而又诙谐，真正做到了"嬉笑怒骂，皆成文章"，将杂文提升至与小说、散文等同等的地位，确立了现代杂文文体的典范。

鲁迅的杂文大都具有强烈的针对性，就当时某一事件展开议论，故而与时代背景联系紧密。例如纪念"三·一八惨案"的《记念刘和珍君》，追悼"左联五烈士"遇害的《为了忘却的记念》等。杂文多是发表于当时报刊、杂志上，决定了它与时事联系密切的特点。但是也正因为其与时代联系紧密，因而比一般文章具有更突出的时代局限性。例如《无声的中国》中，鲁迅为了提倡白话文运动，而认为"人们大可以不必看古书"，"我们此后实只有两条路，一是抱着古文而死掉，一是舍掉古文而生存"。当时新文化运动兴起的重要标志之一即推广白话文，而在顽固封建势力阻挠下，白话文的推广困难重重，因此当时的新文艺倡导者们的论调往往带有极端倾向。现在我们的中学生读者则应该明确，中国古典文学不仅对于中华民族，而且对于全世界都是一笔宝贵的文化财富，全盘抛弃是不科学不明智的。对于那些将要失传的古代文化的抢救整理也是当今世界各国大力推行的有意义的一项工作，鲁迅先生在他生活的时代，第一要务是反封建反压迫，所以未能辩证地看这类问题，这是时代局限所决定的。类似情况还有《老调子已经唱完》中批判中国传统文化，《小品文的危机》中批判延续古典风格小品等等，不一而足。读者阅读时应充分结合时代背景进行反思，并予以注意。

杂文由于是针对某事展开评论，所以难免带有浓烈的主观色彩，作者往往追求批驳的彻底周密，而无法兼顾客观、全面、公正。在阅读鲁迅杂文时就会发现，从遣词用句到思想情感，都具有鲜明的主观意识。如"好个国民党政府的'友邦人士'！是些什么东西！"（《"友邦惊诧"论》）甚至于"呸！"（《论睁了眼看》）这样的语言固然爱憎分明，让人读来痛快淋漓，但也从侧面反映了这是作家融入强烈个人感情色彩的文章，在论述时就难免有失偏颇。例如，《拿来主义》中对几位艺术家出国展示作品的批判意味十分明显。季美林先生就曾在《东学西渐丛书》中指出鲁迅先生的主观色彩太强，他所讽刺的那几位画家，乃是至今仍享誉海内外的刘海粟、徐悲鸿，以及京剧表演艺术家梅兰芳先生，无一不是当之无愧的"大师"。他们的海外之行的的确确起到了促进中外文化交流，加深国际友谊的作用，这些都是有详实史料记载的，鲁迅先生的评价无疑不够客观。又如《无声的中国》中认为"埃及的古书，外国人也译，非洲黑人的神话，外国人也译，他们是别有用意"，我们不能排除确实存在有功利目的的对其他古文明感兴趣的西方人，但大部分学者从事这种研究整理工作是有益于全人类的，与那些巧取豪夺他国珍宝财富的帝国主义侵略者应区别对待。然而瑕不掩瑜，这些不可避免的局限性丝毫不影响鲁迅先生位列世界伟大文学家之列。

其次，鲁迅先生的散文创作也越来越受到国内外研究者的重视。《野草》中的散文有阴暗晦涩、象征意味强的特点，如《复仇》《过客》、《死火》、《聪明人和傻子和奴才》等等，阅读时较难领悟其中含义，应注意结合参考资料，同时积极思索。而《朝花夕拾》则相对明快，描绘了作家幼年及青少年时代的生活轨迹，一般被读者认为容易理解。其实鲁迅文章几乎篇篇意有所指，散文更是意在言外，即使是《朝花夕拾》也同样蕴涵了不易察觉的深意，例如较早入选语文教材的《从百草园到三味书屋》，看似信笔闲谈，实则在怀念梦幻般的童年生活图景时，与旧式教育的枯燥乏味，扼制儿童天性的特点形成了鲜明对照，不着一言，而褒贬尽现。其余批判封建父权的《五猖会》、批判愚昧庸医的《父亲的病》等等，同样如此。

鲁迅先生的文章被公认为白话文的典范，杂文以短小精悍而被誉为"匕首和投枪"，以其对中国国民性中存在的缺陷的深刻批判而备受推崇，至今仍葆有鲜活的生命力。鲁迅文章的语言运用、论证手法都值得我们深入学习。从老一辈文学家茅盾，到当代学者钱理群、孔庆东，研究鲁迅先生生平、思想及作品者络绎不绝。所谓"他山之石，可以攻玉"，中学生在阅读鲁迅作品时也应尽可能主动探索，博采众长，对于文艺作品的解读允许见仁见智，不应拘泥于某种成见。

鲁迅先生的杂文、散文在中学学习阶段占有很重要的地位，引导中学生正确地阅读鲁迅，感受鲁迅，对于他们树立高尚的文艺审美观念，提高写作水平，具有重要意义。希望广大的中学生朋友在阅读鲁迅杂文、散文中得到一些收获。

目 录
contents

批注式阅读范例

拿来主义

中国一向是所谓"闭关主义"，(1) 自己不去，别人也不许来。(2) 自从给枪炮打破了大门之后，(3) 又碰了一串钉子，到现在，成了什么都是"送去主义"了。别的且不说罢，单是学艺上的东西，近来就先送一批古董到巴黎去展览，但终"不知后事如何"；还有几位"大师"们捧着几张古画和新画，在欧洲各国一路的挂过去，(4) 叫作"发扬国光"。听说不远还要送梅兰芳博士到苏联去，以催进"象征主义"，(5) 此后是顺便到欧洲传道。我在这里不想讨论梅博士演艺和象征主义的关系，总之，活人替代了古董，我敢说，也可以算得显出一点进步了。

但我们没有人根据了"礼尚往来"的仪节，说道：拿来！

当然，能够只是送出去，也不算坏事情，一者见得丰富，二者见得大度。尼采就自诩过他是太阳，光热无穷，只是给与，不想取得。然而尼采究竟不是太阳，他发了疯。中国也不是，虽然有人说，掘起地下的煤来，就足够全世界几百年之用。但是，几百年之后呢？几百年之后，我们当然是化为魂灵，或上天堂，或落了

（1）指清政府的闭关锁国政策。

（2）造成近代中国羸弱百年的沉疴，被一语道破。

（3）指八国联军侵占中国，闭关锁国状况被打破。

（4）一个"挂"字，活画了送去主义者炫耀、谄媚的心理。

（5）梅兰芳的艺术也沦为某些人谄媚、自欺的道具，既知梅氏京剧艺术之瑰丽，则更显出群丑之无聊，令人如何不痛心。

（6）送去主义的结果是使子孙后代沦为一无所有的乞丐。

（7）下文还是列举了"送来"的各种例子，他们送来的都是垃圾，其结果是使列强迅速聚敛财富。

（8）在批判了"送去主义"和"送来主义"之后，提出"拿来主义"，其主旨应在"主动选择"。

（9）用"大宅子"比喻中国古代文化遗产。

（10）第一种错误态度：不敢接受。

（11）第二种错误态度：全盘否定。

（12）第三种错误态度：全盘接受。

（13）第一，接受文化遗产中的精华。

（14）第二，精华与糟粕并存的，取其精华，去其糟粕。

地狱，但我们的子孙是在的，所以还应该给他们留下一点礼品。要不然，则当佳节大典之际，他们拿不出东西来，只好磕头贺喜，讨一点残羹冷炙做奖赏。（6）

这种奖赏，不要误解为"抛来"的东西，这是"抛给"的，说得冠冕些，可以称之为"送来"，我在这里不想举出实例。（7）

我在这里也并不想对于"送去"再说什么，否则太不"摩登"了。我只想鼓吹我们再吝啬一点，"送去"之外，还得"拿来"，是为"拿来主义"。（8）

但我们被"送来"的东西吓怕了。先有英国的鸦片，德国的废枪炮，后有法国的香粉，美国的电影，日本的印着"完全国货"的各种小东西。于是连清醒的青年们，也对于洋货发生了恐怖。其实，这正是因为那是"送来"的，而不是"拿来"的缘故。

所以我们要运用脑髓，放出眼光，自己来拿！

譬如罢，我们之中的一个穷青年，因为祖上的阴功（姑且让我这么说说罢），得了一所大宅子，（9）且不问他是骗来的，抢来的，或合法继承的，或是做了女婿换来的。那么，怎么办呢？我想，首先是不管三七二十一，"拿来"！但是，如果反对这宅子的旧主人，怕给他的东西染污了，徘徊不敢走进门，是孱头；（10）勃然大怒，放一把火烧光，算是保存自己的清白，则是昏蛋。（11）不过因为原是羡慕这宅子的旧主人的，而这回接受一切，欣欣然的蹩进卧室，大吸剩下的鸦片，那当然更是废物。（12）"拿来主义"者是全不这样的。

他占有，挑选。看见鱼翅，并不就抛在路上以显其"平民化"，只要有养料，也和朋友们像萝卜白菜一样的吃掉，只不用它来宴大宾；（13）看见鸦片，也不当众摔在毛厕里，以见其彻底革命，只送到药房里去，以供治病之用，却不弄"出售存膏，售完即止"的玄虚。（14）只有烟枪和烟灯，虽然形式和印度，波斯，阿剌伯的烟具都不同，确可以算是一种国粹，倘使背着周游世界，一定会有人看，但我想，除了送一点进博物馆之外，其余的是大可以毁掉的了。还有一群姨太太，也大以请她们各自走散为是，要不然，"拿来主义"怕未免有些危机。(15)

总之，我们要拿来。我们要或使用，或存放，或毁灭。那么，主人是新主人，宅子也就会成为新宅子。然而首先要这人沉着，勇猛，有辨别，不自私。(16)没有拿来的，人不能自成为新人，没有拿来的，文艺不能自成为新文艺。

一九三四年六月四日

（15）第三，全盘否定文化遗产中的糟粕。

（16）对待古代文化遗产的关键取决于人的态度。

张萌　批注

简　析

本篇选自《且介亭杂文》，并作为鲁迅先生的名篇，很早就入选了中学语文教材。鲁迅深刻地洞悉旧中国社会的弊端，正所谓"来而不往非礼也"，在众人都忙着展示"国粹"时，却鲜明地提出了中国不应该只忙于将国内之物送出，而更应该有信心、有魄力、有选择地"拿来"别国先进的物质及文化，为我所用。用我们今天的话说就是：取其精华，弃其糟粕。这种有选择地接受，也适用于对待中国古代文化遗产。若非有开阔的胸襟与睿智的思想，是难以有如此远见卓识的。

秋　夜

　　在我的后园，可以看见墙外有两株树，一株是枣树，还有一株也是枣树。

　　这上面的夜的天空，奇怪而高，我生平没有见过这样的奇怪而高的天空。他仿佛要离开人间而去，使人们仰面不再看见。然而现在却非常之蓝，闪闪地䀹着几十个星星的眼，冷眼。他的口角上现出微笑，似乎自以为大有深意，而将繁霜洒在我的园里的野花草上。

　　我不知道那些花草真叫什么名字，人们叫他们什么名字。我记得有一种开过极细小的粉红花，现在还开着，但是更极细小了，她在冷的夜气中，瑟缩地做梦，梦见春的到来，梦见秋的到来，梦见瘦的诗人将眼泪擦在她最末的花瓣上，告诉她秋虽然来，冬虽然来，而此后接着还是春，蝴蝶乱飞，蜜蜂都唱起春词来了。她于是一笑，虽然颜色冻得红惨惨地，仍然瑟缩着。

　　枣树，他们简直落尽了叶子。先前，还有一两个孩子来打他们别人打剩的枣子，现在是一个也不剩了，连叶子也落尽了。他知道小粉红花的梦，秋后要有春；他也知道落叶的梦，春后还是秋。他简直落尽叶子，单剩干子，然而脱了当初满树是果实和叶子时候的弧形，欠伸得很舒服。但是，有几枝还低亚着，护定他从打枣的竿梢所得的皮伤，而最直最长的几枝，却已默默地铁似的直刺着奇怪而高的天空，使天空闪闪地鬼䀹眼；直刺着天空中圆满的月亮，使月亮窘得发白。

　　鬼䀹眼的天空越加非常之蓝，不安了，仿佛想离去人间，避开枣树，只将月亮剩下。然而月亮也暗暗地躲到东边去了。而一无所有的干子，却仍然默默地铁似的直刺着奇怪而高的天空，一意要制他的死命，不管他各式各样地睞着许多蛊惑的眼睛。

哇的一声，夜游的恶鸟飞过了。

我忽而听到夜半的笑声，吃吃地，似乎不愿意惊动睡着的人，然而四围的空气都应和着笑。夜半，没有别的人，我即刻听出这声音就在我嘴里，我也即刻被这笑声所驱逐，回进自己的房。灯火的带子也即刻被我旋高了。

后窗的玻璃上丁丁地响，还有许多小飞虫乱撞。不多久，几个进来了，许是从窗纸的破孔进来的。他们一进来，又在玻璃的灯罩上撞得丁丁地响。一个从上面撞进去了，他于是遇到火，而且我以为这火是真的。两三个却休息在灯的纸罩上喘气。那罩是昨晚新换的罩，雪白的纸，折出波浪纹的叠痕，一角还画出一枝猩红色的栀子。

猩红的栀子开花时，枣树又要做小粉红花的梦，青葱地弯成弧形了……。我又听到夜半的笑声；我赶紧砍断我的心绪，看那老在白纸罩上的小青虫，头大尾小，向日葵子似的，只有半粒小麦那么大，遍身的颜色苍翠得可爱，可怜。

我打一个呵欠，点起一支纸烟，喷出烟来，对着灯默默地敬奠这些苍翠精致的英雄们。

一九二四年九月十五日

♪ 简 析

这是鲁迅先生少见的一篇完全寄情于景的散文，通篇描写了多个景物意象，采用了隐喻象征的手法，写出作家对当时斗争局势与斗争方法的看法。对于"天空"、"月亮"、"星星"等黑暗势力的代表，"枣树"进行着不屈不挠又针锋相对的斗争，"野花"、"小虫"代表的新一代青年虽尚显稚弱，却已是未来的希望。该篇文笔优美、意境深远，是《野草》中文学性与思想性高度结合的代表。

影的告别

  人睡到不知道时候的时候，就会有影来告别，说出那些话——

  有我所不乐意的在天堂里，我不愿去；有我所不乐意的在地狱里，我不愿去；有我所不乐意的在你们将来的黄金世界里，我不愿去。

  然而你就是我所不乐意的。

  朋友，我不想跟随你了，我不愿意。

  我不愿意！

  呜乎呜乎，我不愿意，我不如彷徨于无地。

  我不过一个影，要别你而沉没在黑暗里了。然而黑暗又会吞并我，然而光明又会使我消失。

  然而我不愿彷徨于明暗之间，我不如在黑暗里沉没。

  然而我终于彷徨于明暗之间，我不知道是黄昏还是黎明。我姑且举灰黑的手装作喝干一杯酒，我将在不知道时候的时候独自远行。

  呜乎呜乎，倘若黄昏，黑夜自然会来沉没我，否则我要被白天消失，如果现是黎明。

  朋友，时候近了。

  我将向黑暗里彷徨于无地。

你还想我的赠品。我能献你甚么呢？无已，则仍是黑暗和虚空而已。但是，我愿意只是黑暗，或者会消失于你的白天；我愿意只是虚空，决不占你的心地。

我愿意这样，朋友——

我独自远行，不但没有你，并且再没有别的影在黑暗里。只有我被黑暗沉没，那世界全属于我自己。

一九二四年九月二十四日

简析

在中国现代文学开创时期，散文与诗尚未被清晰划分，于是出现了"散文诗"这一中间艺术形式，该篇即是其中之一。"影"是作家心灵的化身，它既不愿消失于黑暗，又不愿相信那些虚构的"天堂"、"黄金世界"，故而"终于彷徨于明暗之间"，但为了其他人的幸福，"影"又甘愿"被黑暗沉没"。鲁迅以其短小凝练的文字道出了他内心的挣扎与时代责任感。

求乞者

　　我顺着剥落的高墙走路，踏着松的灰土。另外有几个人，各自走路。微风起来，露在墙头的高树的枝条带着还未干枯的叶子在我头上摇动。

　　微风起来，四面都是灰土。

　　一个孩子向我求乞，也穿着夹衣，也不见得悲戚，而拦着磕头，追着哀呼。

　　我厌恶他的声调，态度。我憎恶他并不悲哀，近于儿戏；我烦厌他这追着哀呼。

　　我走路。另外有几个人各自走路。微风起来，四面都是灰土。

　　一个孩子向我求乞，也穿着夹衣，也不见得悲戚，但是哑的，摊开手，装着手势。

　　我就憎恶他这手势。而且，他或者并不哑，这不过是一种求乞的法子。

　　我不布施，我无布施心，我但居布施者之上，给与烦腻，疑心，憎恶。

　　我顺着倒败的泥墙走路，断砖叠在墙缺口，墙里面没有什么。微风起来，送秋寒穿透我的夹衣；四面都是灰土。

　　我想着我将用什么方法求乞：发声，用怎样声调？装哑，用怎样手势？……

　　另外有几个人各自走路。

　　我将得不到布施，得不到布施心；我将得到自居于布施之上者的烦腻，疑心，憎恶。

我将用无所为和沉默求乞……

我至少将得到虚无。

微风起来，四面都是灰土。另外有几个人各自走路。

灰土，灰土，……

··················

灰土……

一九二四年九月二十四日

简 析

　　本文与《影的告别》写于同一天，可以看作是鲁迅先生对两种精神状态的截然不同的态度。在前文中，作家歌颂了枣树象征的坚忍不拔的斗争精神，而本文则对向恶势力俯首的奴颜屈膝者以深刻的憎恶与批判。鲁迅那种"哀其不幸，怒其不争"的悲愤之情，溢于字里行间，正是中国知识分子自古怀抱的"天下兴亡，匹夫有责"的使命感使然。

复　仇

人的皮肤之厚，大概不到半分，鲜红的热血，就循着那后面，在比密密层层地爬在墙壁上的槐蚕更其密的血管里奔流，散出温热。于是各以这温热互相蛊惑，煽动，牵引，拚命地希求偎倚，接吻，拥抱，以得生命的沉酣的大欢喜。

但倘若用一柄尖锐的利刃，只一击，穿透这桃红色的，菲薄的皮肤，将见那鲜红的热血激箭似的以所有温热直接灌溉杀戮者；其次，则给以冰冷的呼吸，示以淡白的嘴唇，使之人性茫然，得到生命的飞扬的极致的大欢喜；而其自身，则永远沉浸于生命的飞扬的极致的大欢喜中。

这样，所以，有他们俩裸着全身，捏着利刃，对立于广漠的旷野之上。

他们俩将要拥抱，将要杀戮……

路人们从四面奔来，密密层层地，如槐蚕爬上墙壁，如马蚁要扛鲞头。衣服都漂亮，手倒空的。然而从四面奔来，而且拚命地伸长颈子，要赏鉴这拥抱或杀戮。他们已经豫觉着事后的自己的舌上的汗或血的鲜味。

然而他们俩对立着，在广漠的旷野之上，裸着全身，捏着利刃，然而也不拥抱，也不杀戮，而且也不见有拥抱或杀戮之意。

他们俩这样地至于永久，圆活的身体，已将干枯，然而毫不见有拥抱或杀戮之意。

路人们于是乎无聊；觉得有无聊钻进他们的毛孔，觉得有无聊从他们自己的心中由毛孔钻出，爬满旷野，又钻进别人的毛孔中。他们于是觉得喉舌干燥,脖子也乏了;终至于面面相觑,慢慢走散;甚而至于居然觉得干枯到失了生趣。

于是只剩下广漠的旷野,而他们俩在其间裸着全身,捏着利刃,干枯地立着;以死人似的眼光,赏鉴这路人们的干枯,无血的大戮,而永远沉浸于生命的飞扬的极致的大欢喜中。

一九二四年十二月二十日

简 析

　　该篇寓意深刻,较难理解。所谓"复仇"常常让读者感到茫然。事实上,鲁迅以抽象的笔法,严厉批判了存在于未觉醒的旧中国民众中的"看客"现象。本文设置了一个虚构的场景——旷野上对立的两人,以及他们周围先是等着看热闹,最后无聊散去的路人。那原本被当做观赏对象的二人却"既不拥抱,也不杀戮",反而鉴赏起那些未做成"看客"而无聊以至干枯的路人来,即完成了向看客们的"复仇"。

复仇（其二）

因为他自以为神之子，以色列的王，所以去钉十字架。

兵丁们给他穿上紫袍，戴上荆冠，庆贺他；又拿一根苇子打他的头，吐他，屈膝拜他；戏弄完了，就给他脱了紫袍，仍穿他自己的衣服。

看哪，他们打他的头，吐他，拜他……

他不肯喝那用没药调和的酒，要分明地玩味以色列人怎样对付他们的神之子，而且较永久地悲悯他们的前途，然而仇恨他们的现在。

四面都是敌意，可悲悯的，可咒诅的。

丁丁地响，钉尖从掌心穿透，他们要钉杀他们的神之子了，可悯的人们呵，使他痛得柔和。丁丁地响，钉尖从脚背穿透，钉碎了一块骨，痛楚也透到心髓中，然而他们自己钉杀着他们的神之子了，可咒诅的人们呵，这使他痛得舒服。

十字架竖起来了；他悬在虚空中。

他没有喝那用没药调和的酒，要分明地玩味以色列人怎样对付他们的神之子，而且较永久地悲悯他们的前途，然而仇恨他们的现在。

路人都辱骂他，祭司长和文士也戏弄他，和他同钉的两个强盗也讥诮他。

看哪，和他同钉的……

四面都是敌意，可悲悯的，可咒诅的。

他在手足的痛楚中，玩味着可悯的人们的钉杀神之子的悲哀和可咒诅的人们要钉杀神之子，而神之子就要被钉杀了的欢喜。突然间，碎骨的大痛楚透到心髓了，他即沉酣于大欢喜和大悲悯中。

他腹部波动了，悲悯和咒诅的痛楚的波。

遍地都黑暗了。

"以罗伊，以罗伊，拉马撒巴各大尼？！"（翻出来，就是：我的上帝，你为甚么离弃我？！）

上帝离弃了他，他终于还是一个"人之子"；然而以色列人连"人之子"都钉杀了。

钉杀了"人之子"的人们的身上，比钉杀了"神之子"的尤其血污，血腥。

一九二四年十二月二十日

简 析

本文取材于《圣经·新约》中耶稣被钉死在十字架上的故事，是《复仇》的续篇。作家意犹未尽，延续了批判"看客"的主题。鲁迅先生并不从宗教的角度神化耶稣受难，而是对他作为"人之子"的牺牲给予尊敬和同情，当时许多革命者也在为了解救大众抛洒热血，却反而只得到大众的"辱骂"、"讥诮"。在作家看来，这些甘于被奴役，以做看客为消遣的路人是"可悲悯"、"可咒诅"的。

希　望

我的心分外地寂寞。

然而我的心很平安：没有爱憎，没有哀乐，也没有颜色和声音。

我大概老了。我的头发已经苍白，不是很明白的事么？我的手颤抖着，不是很明白的事么？那么，我的魂灵的手一定也颤抖着，头发也一定苍白了。

然而这是许多年前的事了。

这以前，我的心也曾充满过血腥的歌声：血和铁，火焰和毒，恢复和报仇。而忽而这些都空虚了，但有时故意地填以没奈何的自欺的希望。希望，希望，用这希望的盾，抗拒那空虚中的暗夜的袭来，虽然盾后面也依然是空虚中的暗夜。然而就是如此，陆续地耗尽了我的青春。

我早先岂不知我的青春已经逝去了？但以为身外的青春固在：星，月光，僵坠的蝴蝶，暗中的花，猫头鹰的不祥之言，杜鹃的啼血，笑的渺茫，爱的翔舞……虽然是悲凉漂渺的青春罢，然而究竟是青春。

然而现在何以如此寂寞？难道连身外的青春也都逝去，世上的青年也多衰老了么？

我只得由我来肉搏这空虚中的暗夜了。我放下了希望之盾，我听到 Petöfi Sándor（1823—49）的“希望”之歌：

希望是甚么？是娼妓：

她对谁都蛊惑，将一切都献给；

待你牺牲了极多的宝贝——

你的青春——她就弃掉你。

这伟大的抒情诗人，匈牙利的爱国者，为了祖国而死在可萨克兵的矛尖上，已经七十五年了。悲哉死也，然而更可悲的是他的诗至今没有死。

但是，可惨的人生！桀骜英勇如 Petöfi，也终于对了暗夜止步，回顾着茫茫的东方了。他说：

绝望之为虚妄，正与希望相同。

倘使我还得偷生在不明不暗的这"虚妄"中，我就还要寻求那逝去的悲凉漂渺的青春，但不妨在我的身外。因为身外的青春倘一消灭，我身中的迟暮也即凋零了。

然而现在没有星和月光，没有僵坠的蝴蝶以至笑的渺茫，爱的翔舞。然而青年们很平安。

我只得由我来肉搏这空虚中的暗夜了，纵使寻不到身外的青春，也总得自己来一掷我身中的迟暮。但暗夜又在那里呢？现在没有星，没有月光以至笑的渺茫和爱的翔舞；青年们很平安，而我的面前又竟至于并且没有真的暗夜。

绝望之为虚妄，正与希望相同！

一九二五年一月一日

🎵 简 析

这篇写于新年伊始的文章虽名为《希望》，却流露出沉重悲凉的气息。在《〈野草〉英文译本序》中鲁迅先生曾写道："……又因为惊异于青年之消沉，作《希望》。"鲁迅在本文中袒露心声：他一生斗争不辍，虽老之将至而毫不气馁，正因为他向来寄希望于青年一代，认为他们是自己青春的延续，而此时他们这"身外的青春"也消沉了，又怎能不给他更深的寂寞和痛苦？在篇中作家反复引用裴多菲的诗句激励青年：既不相信有绝对的希望，又为何要陷入那绝对的绝望呢？

雪

　　暖国的雨，向来没有变过冰冷的坚硬的灿烂的雪花。博识的人们觉得他单调，他自己也以为不幸否耶？江南的雪，可是滋润美艳之至了；那是还在隐约着的青春的消息，是极壮健的处子的皮肤。雪野中有血红的宝珠山茶，白中隐青的单瓣梅花，深黄的磬口的蜡梅花；雪下面还有冷绿的杂草。蝴蝶确乎没有；蜜蜂是否来采山茶花和梅花的蜜，我可记不真切了。但我的眼前仿佛看见冬花开在雪野中，有许多蜜蜂们忙碌地飞着，也听得他们嗡嗡地闹着。

　　孩子们呵着冻得通红，像紫芽姜一般的小手，七八个一齐来塑雪罗汉。因为不成功，谁的父亲也来帮忙了。罗汉就塑得比孩子们高得多，虽然不过是上小下大的一堆，终于分不清是壶卢还是罗汉；然而很洁白，很明艳，以自身的滋润相粘结，整个地闪闪地生光。孩子们用龙眼核给他做眼珠，又从谁的母亲的脂粉奁中偷得胭脂来涂在嘴唇上。这回确是一个大阿罗汉了。他也就目光灼灼地嘴唇通红地坐在雪地里。

　　第二天还有几个孩子来访问他；对了他拍手，点头，嬉笑。但他终于独自坐着了。晴天又来消释他的皮肤，寒夜又使他结一层冰，化作不透明的水晶模样；连续的晴天又使他成为不知道算什么，而嘴上的胭脂也褪尽了。

　　但是，朔方的雪花在纷飞之后，却永远如粉，如沙，他们决不粘连，撒在屋上，地上，枯草上，就是这样。屋上的雪是早已就有消化了的，因为屋里居人的火的温热。别的，在晴天之下，旋风忽来，便蓬勃地奋飞，在日光中灿灿地生光，如包藏火焰的大雾，旋转而且升腾，弥漫太空，使太空旋转而且升腾地闪烁。

在无边的旷野上，在凛冽的天宇下，闪闪地旋转升腾着的是雨的精魂……

是的，那是孤独的雪，是死掉的雨，是雨的精魂。

一九二五年一月十八日

简析

《雪》是一篇文字优美的即景抒情散文。作家用温柔的笔触将江南之雨、江南之雪描写得明媚可爱，似乎能让人感受到扑面而来的融融暖意。而如此可爱之雨雪，到了北方，却被凛冽的严寒变得飘摇而孤寂。时值北洋军阀连年混战、民不聊生，此时寓居北京的鲁迅先生曾说："那时候的北京（指写《野草》等的 1924—1926 年时候的北京）也实在黑暗得可以！"因此先生赞美着雨之精魂，却憎恶那恶劣之寒冬，其意之所指也就不难领会了。

好的故事

　　灯火渐渐地缩小了，在预告石油的已经不多；石油又不是老牌，早熏得灯罩很昏暗。鞭爆的繁响在四近，烟草的烟雾在身边：是昏沉的夜。

　　我闭了眼睛，向后一仰，靠在椅背上；捏着《初学记》的手搁在膝髁上。

　　我在蒙胧中，看见一个好的故事。

　　这故事很美丽，幽雅，有趣。许多美的人和美的事，错综起来像一天云锦，而且万颗奔星似的飞动着，同时又展开去，以至于无穷。

　　我仿佛记得曾坐小船经过山阴道，两岸边的乌桕，新禾，野花，鸡，狗，丛树和枯树，茅屋，塔，伽蓝，农夫和村妇，村女，晒着的衣裳，和尚，蓑笠，天，云，竹，……都倒影在澄碧的小河中，随着每一打桨，各各夹带了闪烁的日光，并水里的萍藻游鱼，一同荡漾。诸影诸物，无不解散，而且摇动，扩大，互相融和；刚一融和，却又退缩，复近于原形。边缘都参差如夏云头，镶着日光，发出水银色焰。凡是我所经过的河，都是如此。

　　现在我所见的故事也如此。水中的青天的底子，一切事物统在上面交错，织成一篇，永是生动，永是展开，我看不见这一篇的结束。

　　河边枯柳树下的几株瘦削的一丈红，该是村女种的罢。大红花和斑红花，都在水里面浮动，忽而碎散，拉长了，缕缕的胭脂水，然而没有晕。茅屋，狗，塔，村女，云，……也都浮动着。大红花一朵朵全被拉长了，这时是泼剌奔进的红锦带。带织入狗中，狗织入白云中，白云织入村女中……在一瞬间，他们又将退缩了。但斑红花影也已碎散，伸长，就要织进塔，村女，狗，茅屋，云里去。

现在我所见的故事清楚起来了，美丽，幽雅，有趣，而且分明。青天上面，有无数美的人和美的事，我一一看见，一一知道。

我就要凝视他们……

我正要凝视他们时，骤然一惊，睁开眼，云锦也已皱蹙，凌乱，仿佛有谁掷一块大石下河水中，水波陡然起立，将整篇的影子撕成片片了。我无意识地赶忙捏住几乎坠地的《初学记》，眼前还剩着几点虹霓色的碎影。

我真爱这一篇好的故事，趁碎影还在，我要追回他，完成他，留下他。我抛了书，欠身伸手去取笔，——何尝有一丝碎影，只见昏暗的灯光，我不在小船里了。

但我总记得见过这一篇好的故事，在昏沉的夜……

一九二五年二月二十四日

简析

本文撷取作家梦境的片断而成，描写十分优美，色彩瑰丽。那梦中反复出现的红花白云、青天碧水都仿佛是一幅展开于读者眼前的印象派画作，如世外桃源般美丽。然而这一切自始至终都笼罩着一层强烈的梦幻色彩，不过是浮光掠影罢了，"我"梦醒之后，依旧只剩"昏沉的夜"。作家展示了理想之境的恬静美好，又突出了与现实的反差，激励人们向着那美好明天而奋斗。

死 火

我梦见自己在冰山间奔驰。

这是高大的冰山，上接冰天，天上冻云弥漫，片片如鱼鳞模样。山麓有冰树林，枝叶都如松杉。一切冰冷，一切青白。

但我忽然坠在冰谷中。

上下四旁无不冰冷，青白。而一切青白冰上，却有红影无数，纠结如珊瑚网。我俯看脚下，有火焰在。

这是死火。有炎炎的形，但毫不摇动，全体冰结，像珊瑚枝；尖端还有凝固的黑烟，疑这才从火宅中出，所以枯焦。这样，映在冰的四壁，而且互相反映，化为无量数影，使这冰谷，成红珊瑚色。

哈哈！

当我幼小的时候，本就爱看快舰激起的浪花，洪炉喷出的烈焰。不但爱看，还想看清。可惜他们都息息变幻，永无定形。虽然凝视又凝视，总不留下怎样一定的迹象。

死的火焰，现在先得到了你了！

我拾起死火，正要细看，那冷气已使我的指头焦灼；但是，我还熬着，将他塞入衣袋中间。冰谷四面，登时完全青白。我一面思索着走出冰谷的法子。

我的身上喷出一缕黑烟，上升如铁线蛇。冰谷四面，又登时满有红焰流动，如大火聚，将我包围。我低头一看，死火已经燃烧，烧穿了我的衣裳，流在冰地上了。

"唉，朋友！你用了你的温热，将我惊醒了。"他说。

我连忙和他招呼，问他名姓。

"我原先被人遗弃在冰谷中，"他答非所问地说，"遗弃我的早已灭亡，消尽了。我也被冰冻冻得要死。倘使你不给我温热，使我重行烧起，我不久就须灭亡。"

"你的醒来，使我欢喜。我正在想着走出冰谷的方法；我愿意携带你去，使你永不冰结，永得燃烧。"

"唉唉！那么，我将烧完！"

"你的烧完，使我惋惜。我便将你留下，仍在这里罢。"

"唉唉！那么，我将冻灭了！"

"那么，怎么办呢？"

"但你自己，又怎么办呢？"他反而问。

"我说过了：我要出这冰谷……。"

"那我就不如烧完！"

他忽而跃起，如红彗星，并我都出冰谷口外。有大石车突然驰来，我终于碾死在车轮底下，但我还来得及看见那车就坠入冰谷中。

"哈哈！你们是再也遇不着死火了！"我得意地笑着说，仿佛就愿意这样似的。

一九二五年四月二十三日

简　析

　　希腊神话中普罗米修斯为人间盗取火种而受到严酷惩罚，《死火》中的"我"也宁愿用自己的温热唤醒死火，将其带回人间，即使被灼烧、被碾死，依然欣喜死火之复活，而死火也"宁愿烧完"，也不愿永远被禁锢于冰谷。一个甘于用自己引燃革命之火，一个百折不挠、勇往直前。《死火》告诉我们：革命虽暂遇挫折，但它是冰山下不曾熄灭的火种，终将喷薄而出。

狗的驳诘

我梦见自己在隘巷中行走，衣履破碎，像乞食者。

一条狗在背后叫起来了。

我傲慢地回顾，叱咤说：

"呔！住口！你这势利的狗！"

"嘻嘻！"他笑了，还接着说，"不敢，愧不如人呢。"

"什么！？"我气愤了，觉得这是一个极端的侮辱。

"我惭愧：我终于还不知道分别铜和银；还不知道分别布和绸；还不知道分别官和民；还不知道分别主和奴；还不知道……"

我逃走了。

"且慢！我们再谈谈……"他在后面大声挽留。

我一径逃走，尽力地走，直到逃出梦境，躺在自己的床上。

一九二五年四月二十三日

简析

鲁迅先生曾说："古今君子每以禽兽斥人，殊不知便是昆虫，值得师法的地方也多着哪。"（《华盖集·夏三虫》）文中"我"以"正人君子"自居而斥狗之势利，却反被狗举出许多人之势利更甚百倍的证据来，只能仓皇逃走。全文短小精悍，言简意赅，在不足二百字的篇幅内对势利者给予辛辣凌厉的讽刺，非大家而不能成。

失掉的好地狱

我梦见自己躺在床上，在荒寒的野外，地狱的旁边。一切鬼魂们的叫唤无不低微，然有秩序，与火焰的怒吼，油的沸腾，钢叉的震颤相和鸣，造成醉心的大乐，布告三界：地下太平。

有一伟大的男子站在我面前，美丽，慈悲，遍身有大光辉，然而我知道他是魔鬼。

"一切都已完结，一切都已完结！可怜的鬼魂们将那好的地狱失掉了！"他悲愤地说，于是坐下，讲给我一个他所知道的故事——

"天地作蜂蜜色的时候，就是魔鬼战胜天神，掌握了主宰一切的大威权的时候。他收得天国，收得人间，也收得地狱。他于是亲临地狱，坐在中央，遍身发大光辉，照见一切鬼众。

"地狱原已废弛得很久了：剑树消却光芒；沸油的边际早不腾涌；大火聚有时不过冒些青烟，远处还萌生曼陀罗花，花极细小，惨白可怜。——那是不足为奇的，因为地上曾经大被焚烧，自然失了他的肥沃。

"鬼魂们在冷油温火里醒来，从魔鬼的光辉中看见地狱小花，惨白可怜，被大蛊惑，倏忽间记起人世，默想至不知几多年，遂同时向着人间，发一声反狱的绝叫。

"人类便应声而起，仗义执言，与魔鬼战斗。战声遍满三界，远过雷霆。终于运大谋略，布大网罗，使魔鬼并且不得不从地狱出走。最后的胜利，是地狱门上也竖了人类的旌旗！

"当鬼魂们一齐欢呼时，人类的整饬地狱使者已临地狱，坐

在中央，用了人类的威严，叱咤一切鬼众。

"当鬼魂们又发一声反狱的绝叫时，即已成为人类的叛徒，得到永劫沉沦的罚，迁入剑树林的中央。

"人类于是完全掌握了主宰地狱的大威权，那威棱且在魔鬼以上。人类于是整顿废弛，先给牛首阿旁以最高的俸草；而且，添薪加火，磨砺刀山，使地狱全体改观，一洗先前颓废的气象。

"曼陀罗花立即焦枯了。油一样沸；刀一样　　；火一样热；鬼众一样呻吟，一样宛转，至于都不暇记起失掉的好地狱。

"这是人类的成功，是鬼魂的不幸……

"朋友，你在猜疑我了。是的，你是人！我且去寻野兽和恶鬼……"

一九二五年六月十六日

简析

　　这篇文章写作时正值第一次国共合作，中国革命出现一个高潮，北洋军阀统治行将覆灭。然而此时日渐活跃的国民党右派分子，又令睿智的鲁迅先生敏锐地感到担忧：担心这只不过是另一股压迫人民的统治势力的上台，于是创作了这篇象征意义很强的散文。鲁迅忧虑的是尽管由"人类"取代了"魔鬼"，可掌管的依旧是"地狱"的世界，只是建立了虚有其表的"太平"罢了。

墓碣文

我梦见自己正和墓碣对立，读着上面的刻辞。那墓碣似是沙石所制，剥落很多，又有苔藓丛生，仅存有限的文句——

> ……于浩歌狂热之际中寒；于天上看见深渊。于一切眼中看见无所有；于无所希望中得救。……
>
> ……有一游魂，化为长蛇，口有毒牙。不以啮人，自啮其身，终以殒颠。……
>
> ……离开！……

我绕到碣后，才见孤坟，上无草木，且已颓坏。即从大阙口中，窥见死尸，胸腹俱破，中无心肝。而脸上却绝不显哀乐之状，但蒙蒙如烟然。

我在疑惧中不及回身，然而已看见墓碣阴面的残存的文句——

> ……抉心自食，欲知本味。创痛酷烈，本味何能知？……
>
> ……痛定之后，徐徐食之。然其心已陈旧，本味又何由知？……
>
> ……答我。否则，离开！……

我就要离开。而死尸已在坟中坐起，口唇不动，然而说——

25

"待我成尘时，你将见我的微笑！"

我疾走，不敢反顾，生怕看见他的追随。

一九二五年六月十七日

简析

这篇象征意义极强的散文诗通篇营造了一种阴森恐怖的气氛。作家将深埋于自己内心深处的阴暗消极的思想喻为已入墓穴的死尸，从"墓碣文"的内容可以看出鲁迅用亡者的生病、挣扎、死去、埋葬等一系列过程，比喻其对自身思想的深刻剖析与自省。这个过程尽管痛苦，作家却鲜明地传达了埋葬自己腐朽的过去，同旧思想完全决裂的坚定决心。

死 后

　　我梦见自己死在道路上。

　　这是那里，我怎么到这里来，怎么死的，这些事我全不明白。总之，待到我自己知道已经死掉的时候，就已经死在那里了。

　　听到几声喜鹊叫，接着是一阵乌老鸦。空气很清爽，——虽然也带些土气息，——大约正当黎明时候罢。我想睁开眼睛来，他却丝毫也不动，简直不像是我的眼睛；于是想抬手，也一样。

　　恐怖的利镞忽然穿透我的心了。在我生存时，曾经玩笑地设想：假使一个人的死亡，只是运动神经的废灭，而知觉还在，那就比全死了更可怕。谁知道我的预想竟的中了，我自己就在证实这预想。

　　听到脚步声，走路的罢。一辆独轮车从我的头边推过，大约是重载的，轧轧地叫得人心烦，还有些牙齿齼。很觉得满眼绯红，一定是太阳上来了。那么，我的脸是朝东的。但那都没有什么关系。切切嚓嚓的人声，看热闹的。他们踹起黄土来，飞进我的鼻孔，使我想打喷嚏了，但终于没有打，仅有想打的心。

　　陆陆续续地又是脚步声，都到近旁就停下，还有更多的低语声：看的人多起来了。我忽然很想听听他们的议论。但同时想，我生存时说的什么批评不值一笑的话，大概是违心之论罢：才死，就露了破绽了。然而还是听；然而毕竟得不到结论，归纳起来不过是这样——

　　"死了？……"

　　"嗡。——这……"

“哼！……”

“啧。……唉！……”

我十分高兴，因为始终没有听到一个熟识的声音。否则，或者害得他们伤心；或则要使他们快意；或则要使他们加添些饭后闲谈的材料，多破费宝贵的工夫；这都会使我很抱歉。现在谁也看不见，就是谁也不受影响。好了，总算对得起人了！

但是，大约是一个马蚁，在我的脊梁上爬着，痒痒的。我一点也不能动，已经没有除去他的能力了；倘在平时，只将身子一扭，就能使他退避。而且，大腿上又爬着一个哩！你们是做什么的？虫豸！？

事情可更坏了：嗡的一声，就有一个青蝇停在我的颧骨上，走了几步，又一飞，开口便舐我的鼻尖。我懊恼地想：足下，我不是什么伟人，你无须到我身上来寻做论的材料……但是不能说出来。他却从鼻尖跑下，又用冷舌头来舐我的嘴唇了，不知道可是表示亲爱。还有几个则聚在眉毛上，跨一步，我的毛根就一摇。实在使我烦厌得不堪，——不堪之至。

忽然，一阵风，一片东西从上面盖下来，他们就一同飞开了，临走时还说——

“惜哉！……”

我愤怒得几乎昏厥过去。

木材摔在地上的钝重的声音同着地面的震动，使我忽然清醒，前额上感着芦席的条纹。但那芦席就被掀去了，又立刻感到了日光的灼热。还听得有人说——

“怎么要死在这里？……”

这声音离我很近，他正弯着腰罢。但人应该死在那里呢？我先前以为人在地上虽没有任意生存的权利，却总有任意死掉的权利的。现在才知道并不然，也很难适合人们的公意。可惜我久没了纸笔；即有也不能写，而且即使写了也没有地方发表了。只好就这样地抛开。

有人来抬我，也不知道是谁。听到刀鞘声，还有巡警在这里罢，在我所不应该“死在这里”的这里。我被翻了几个转身，便觉得向上一举，又往下一沉；又听得盖了盖，钉着钉。但是，奇怪，只钉了两个。难道这里的棺材钉，是只钉两个的么？

我想：这回是六面碰壁，外加钉子。真是完全失败，呜呼哀哉了！……

"气闷！……"我又想。

然而我其实却比先前已经宁静得多，虽然知不清埋了没有。在手背上触到草席的条纹，觉得这尸衾倒也不恶。只不知道是谁给我化钱的，可惜！但是，可恶，收敛的小子们！我背后的小衫的一角皱起来了，他们并不给我拉平，现在抵得我很难受。你们以为死人无知，做事就这样地草率么？哈哈！

我的身体似乎比活的时候要重得多，所以压着衣皱便格外的不舒服。但我想，不久就可以习惯的；或者就要腐烂，不至于再有什么大麻烦。此刻还不如静静地静着想。

"您好？您死了么？"

是一个颇为耳熟的声音。睁眼看时，却是勃古斋旧书铺的跑外的小伙计。不见约有二十多年了，倒还是那一副老样子。我又看看六面的壁，委实太毛糙，简直毫没有加过一点修刮，锯绒还是毛鬆鬆的。

"那不碍事，那不要紧。"他说，一面打开暗蓝色布的包裹来。"这是明板《公羊传》，嘉靖黑口本，给您送来了。您留下他罢。这是……。"

"你！"我诧异地看定他的眼睛，说，"你莫非真正胡涂了？你看我这模样，还要看什么明板？……"

"那可以看，那不碍事。"

我即刻闭上眼睛，因为对他很烦厌。停了一会，没有声息，他大约走了。但是似乎一个马蚁又在脖子上爬起来，终于爬到脸上，只绕着眼眶转圈子。

万不料人的思想，是死掉之后也还会变化的。忽而，有一种力将我的心的平安冲破；同时，许多梦也都做在眼前了。几个朋友祝我安乐，几个仇敌祝我灭亡。我却总是既不安乐，也

不灭亡地不上不下地生活下来，都不能副任何一面的期望。现在又影一般死掉了，连仇敌也不使知道，不肯赠给他们一点惠而不费的欢欣。……

我觉得在快意中要哭出来。这大概是我死后第一次的哭。

然而终于也没有眼泪流下；只看见眼前仿佛有火花一闪，我于是坐了起来。

一九二五年七月十二日

简 析

这篇散文的写作正值鲁迅先生因支持女师大风潮而与章士钊及《现代评论》进行激烈论战的时期。《死后》一文包含了更为丰富而深刻的批判内容：既有麻木冷漠的无聊看客，又有象征反动文人卑劣行径的"苍蝇"，自己周围"六面碰壁，外加钉子"的黑暗现实，以及不忘发死人财的书商等等，不一而足。明确表达了自己即使死掉了，也不给敌人玩赏自己痛苦的机会的斗争决心。全文于诙谐含蓄中蕴藏辛辣嘲讽，集中体现了鲁迅的散文创作风格。

这样的战士

要有这样的一种战士——

已不是蒙昧如非洲土人而背着雪亮的毛瑟枪的；也并不疲惫如中国绿营兵而却佩着盒子炮。他毫无乞灵于牛皮和废铁的甲胄；他只有自己，但拿着蛮人所用的，脱手一掷的投枪。

他走进无物之阵，所遇见的都对他一式点头。他知道这点头就是敌人的武器，是杀人不见血的武器，许多战士都在此灭亡，正如炮弹一般，使猛士无所用其力。

那些头上有各种旗帜，绣出各样好名称：慈善家，学者，文士，长者，青年，雅人，君子……头下有各样外套，绣出各式好花样：学问，道德，国粹，民意，逻辑，公义，东方文明……

但他举起了投枪。

他们都同声立了誓来讲说，他们的心都在胸膛的中央，和别的偏心的人类两样。他们都在胸前放着护心镜，就为自己也深信心在胸膛中央的事作证。

但他举起了投枪。

他微笑，偏侧一掷，却正中了他们的心窝。

一切都颓然倒地；——然而只有一件外套，其中无物。无物之物已经脱走，得了胜利，因为他这时成了戕害慈善家等类的罪人。

但他举起了投枪。

他在无物之阵中大踏步走，再见一式的点头，各种的旗帜，各样的外套……

但他举起了投枪。

他终于在无物之阵中老衰，寿终。他终于不是战士，但无物之物则是胜者。

在这样的境地里，谁也不闻战叫：太平。

太平……

但他举起了投枪！

一九二五年十二月十四日

简析

"《这样的战士》，是有感于文人学士们帮助军阀而作。"（《〈野草〉英文译本序》）对于在北京女子师大风潮中依附于军阀势力的文人学士们的虚伪与卑劣，鲁迅早有深切的认识。那个无论敌人如何伪装、如何诱惑、如何攻击都永不妥协的"战士"集中体现了鲁迅先生的"韧性"的战斗精神，他毫无迷惑与动摇，一次又一次向所有反动势力"举起了投枪"。在那个黑暗无边的年代，犹如一把火炬闪烁着催人奋进的光芒。"投枪"也成为了鲁迅先生战笔的代名词。

淡淡的血痕中
——记念几个死者和生者和未生者

目前的造物主，还是一个怯弱者。

他暗暗地使天变地异，却不敢毁灭一个这地球；暗暗地使生物衰亡，却不敢长存一切尸体；暗暗地使人类流血，却不敢使血色永远鲜　；暗暗地使人类受苦，却不敢使人类永远记得。

他专为他的同类——人类中的怯弱者——设想，用废墟荒坟来衬托华屋，用时光来冲淡苦痛和血痕；日日斟出一杯微甘的苦酒，不太少，不太多，以能微醉为度，递给人间，使饮者可以哭，可以歌，也如醒，也如醉，若有知，若无知，也欲死，也欲生。他必须使一切也欲生；他还没有灭尽人类的勇气。

几片废墟和几个荒坟散在地上，映以淡淡的血痕；人们都在其间咀嚼着人我的渺茫的悲苦。但是不肯吐弃，以为究竟胜于空虚，各各自称为"天之　民"，以作咀嚼着人我的渺茫的悲苦的辩解，而且悚息着静待新的悲苦的到来。新的，这就使他们恐惧，而又渴欲相遇。

这都是造物主的良民。他就需要这样。

叛逆的猛士出于人间；他屹立着，洞见一切已改和现有的废墟和荒坟，记得一切深广和久远的苦痛，正视一切重叠淤积的凝血，深知一切已死，方生，将生和未生。他看透了造化的把戏；他将要起来使人类苏生，或者使人类灭尽，这些造物主的良民们。

造物主，怯弱者，羞惭了，于是伏藏。天地在猛士的眼中于

是变色。

一九二六年四月八日

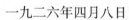 简 析

　　1926 年 3 月 18 日，北京爱国学生和群众为了抗议列强欺凌，于天安门前请愿，被段祺瑞执政府血腥镇压，死伤二百余人，即"三·一八"惨案。鲁迅先生的学生刘和珍、杨德群都于惨案中被杀。鲁迅先生满怀悲恸与愤怒，写下大量文章，揭露军阀暴行，抨击反动文人对殉难者的诬蔑。鲁迅痛苦地看到烈士们的鲜血随着岁月流逝，只剩一缕"淡淡的血痕"，故而他要不遗余力地讴歌那些"叛逆的猛士"，赞美进步青年显示的沉毅、勇猛和必胜的斗争气概。

阿长与《山海经》

　　长妈妈，已经说过，是一个一向带领着我的女工，说得阔气一点，就是我的保姆。我的母亲和许多别的人都这样称呼她，似乎略带些客气的意思。只有祖母叫她阿长。我平时叫她"阿妈"，连"长"字也不带；但到憎恶她的时候，——例如知道了谋死我那隐鼠的却是她的时候，就叫她阿长。

　　我们那里没有姓长的；她生得黄胖而矮，"长"也不是形容词。又不是她的名字，记得她自己说过，她的名字是叫作什么姑娘的。什么姑娘，我现在已经忘却了，总之不是长姑娘；也终于不知道她姓什么。记得她也曾告诉过我这个名称的来历：先前的先前，我家有一个女工，身材生得很高大，这就是真阿长。后来她回去了，我那什么姑娘才来补她的缺，然而大家因为叫惯了，没有再改口，于是她从此也就成为长妈妈了。

　　虽然背地里说人长短不是好事情，但倘使要我说句真心话，我可只得说：我实在不大佩服她。最讨厌的是常喜欢切切察察，向人们低声絮说些什么事，还竖起第二个手指，在空中上下摇动，或者点着对手或自己的鼻尖。我的家里一有些小风波，不知怎的我总疑心和这"切切察察"有些关系。又不许我走动，拔一株草，翻一块石头，就说我顽皮，要告诉我的母亲去了。一到夏天，睡觉时她又伸开两脚两手，在床中间摆成一个"大"字，挤得我没有余地翻身，久睡在一角的席子上，又已经烤得那么热。推她呢，不动；叫她呢，也不闻。

　　"长妈妈生得那么胖，一定很怕热罢？晚上的睡相，怕不见

35

得很好罢？……"

母亲听到我多回诉苦之后，曾经这样地问过她。我也知道这意思是要她多给我一些空席。她不开口。但到夜里，我热得醒来的时候，却仍然看见满床摆着一个"大"字，一条臂膊还搁在我的颈子上。我想，这实在是无法可想了。

但是她懂得许多规矩；这些规矩，也大概是我所不耐烦的。一年中最高兴的时节，自然要数除夕了。辞岁之后，从长辈得到压岁钱，红纸包着，放在枕边，只要过一宵，便可以随意使用。睡在枕上，看着红包，想到明天买来的小鼓，刀枪，泥人，糖菩萨……然而她进来，又将一个福橘放在床头了。

"哥儿，你牢牢记住！"她极其郑重地说。"明天是正月初一，清早一睁开眼睛，第一句话就得对我说：'阿妈，恭喜恭喜！'记得么？你要记着，这是一年的运气的事情。不许说别的话！说过之后，还得吃一点福橘。"她又拿起那橘子来在我的眼前摇了两摇，"那么，一年到头，顺顺流流……"

梦里也记得元旦的，第二天醒得特别早，一醒，就要坐起来。她却立刻伸出臂膊，一把将我按住。我惊异地看她时，只见她惶急地看着我。

她又有所要求似的，摇着我的肩。我忽而记得了——

"阿妈，恭喜……"

"恭喜恭喜！大家恭喜！真聪明！恭喜恭喜！"她于是十分喜欢似的，笑将起来，同时将一点冰冷的东西，塞在我的嘴里。我大吃一惊之后，也就忽而记得，这就是所谓福橘，元旦辟头的磨难，总算已经受完，可以下床玩耍去了。

她教给我的道理还很多，例如说人死了，不该说死掉，必须说"老掉了"；死了人，生了孩子的屋子里，不应该走进去；饭粒落在地上，必须拣起来，最好是吃下去；晒裤子用的竹竿底下，是万不可钻过去的……此外，现在大抵忘却了，只有元旦的古怪仪式记得最清楚。总之：都是些烦琐之至，至今想起来还觉得非常麻烦的事情。

然而我有一时也对她发生过空前的敬意。她常常对我讲"长毛"。她之所谓"长毛"者，不但洪秀全军，似乎连后来一切土匪强盗都在内，但除却革命党，因为那时还没有。她说得长毛非常可怕，他们的话就听不懂。她说先前长毛进城的时候，我家全都逃到海边去了，只留一个门房和年老的煮饭老妈子看家。后来长毛果然进门来了，那老妈子便叫他们"大王"，——据说对长毛就应该这样叫，——诉说自己的饥饿。长毛笑道："那么，这东西就给你吃了罢！"将一个圆圆的东西掷了过来，还带着一条小辫子，正是那门房的头。煮饭老妈子从此就骇破了胆，后来一提起，还是立刻面如土色，自己轻轻地拍着胸脯道："阿呀，骇死我了，骇死我了……"

我那时似乎倒并不怕，因为我觉得这些事和我毫不相干的，我不是一个门房。但她大概也即觉到了，说道："像你似的小孩子，长毛也要掳的，掳去做小长毛。还有好看的姑娘，也要掳。"

"那么，你是不要紧的。"我以为她一定最安全了，既不做门房，又不是小孩子，也生得不好看，况且颈子上还有许多灸疮疤。

"那里的话？！"她严肃地说。"我们就没有用么？我们也要被掳去。城外有兵来攻的时候，长毛就叫我们脱下裤子，一排一排地站在城墙上，外面的大炮就放不出来；再要放，就炸了！"

这实在是出于我意想之外的，不能不惊异。我一向只以为她满肚子是麻烦的礼节罢了，却不料她还有这样伟大的神力。从此对于她就有了特别的敬意，似乎实在深不可测；夜间的伸开手脚，占领全床，那当然是情有可原的了，倒应该我退让。

这种敬意，虽然也逐渐淡薄起来，但完全消失，大概是在知道她谋害了我的隐鼠之后。那时就极严重地诘问，而且当面叫她阿长。我想我又不真做小长毛，不去攻城，也不放炮，更不怕炮炸，我惧惮她什么呢！

但当我哀悼隐鼠，给它复仇的时候，一面又在渴慕着绘图的《山海经》了。这渴慕是从一个远房的叔祖惹起来的。他是一个胖胖的，和蔼的老人，爱种一点花木，如珠兰，茉莉之类，还有极其少见的，据说从北边带回去的马缨花。他的太太却正相反，什么也莫名其妙，曾将晒衣服的竹竿搁在珠兰的枝条上，

枝折了，还要愤愤地咒骂道："死尸！"这老人是个寂寞者，因为无人可谈，就很爱和孩子们往来，有时简直称我们为"小友"。在我们聚族而居的宅子里，只有他书多，而且特别。制艺和试帖诗，自然也是有的；但我却只在他的书斋里，看见过陆玑的《毛诗草木鸟兽虫鱼疏》，还有许多名目很生的书籍。我那时最爱看的是《花镜》，上面有许多图。他说给我听，曾经有过一部绘图的《山海经》，画着人面的兽，九头的蛇，三脚的鸟，生着翅膀的人，没有头而以两乳当作眼睛的怪物，……可惜现在不知道放在那里了。

我很愿意看看这样的图画，但不好意思力逼他去寻找，他是很疏懒的。问别人呢，谁也不肯真实地回答我。压岁钱还有几百文，买罢，又没有好机会。有书买的大街离我家远得很，我一年中只能在正月间去玩一趟，那时候，两家书店都紧紧地关着门。

玩的时候倒是没有什么的，但一坐下，我就记得绘图的《山海经》。

大概是太过于念念不忘了，连阿长也来问《山海经》是怎么一回事。这是我向来没有和她说过的，我知道她并非学者，说了也无益；但既然来问，也就都对她说了。

过了十多天，或者一个月罢，我还很记得，是她告假回家以后的四五天，她穿着新的蓝布衫回来了，一见面，就将一包书递给我，高兴地说道：

"哥儿，有画儿的'三哼经'，我给你买来了！"

我似乎遇着了一个霹雳，全体都震悚起来；赶紧去接过来，打开纸包，是四本小小的书，略略一翻，人面的兽，九头的蛇，……果然都在内。

这又使我发生新的敬意了，别人不肯做，或不能做的事，她却能够做成功。她确有伟大的神力。谋害隐鼠的怨恨，从此完全消灭了。

这四本书，乃是我最初得到，最为心爱的宝书。

书的模样，到现在还在眼前。可是从还在眼前的模样来说，却是一部刻印都十分粗拙的本子。纸张很黄；图像也很坏，甚至于几乎全用直线凑合，连动物的眼睛也都是长方形的。但那是我最为心爱的宝书，看起来，确是人面的兽；九头的蛇；一脚的牛；袋子似的帝江；没有头而"以乳为目，以脐为口"，还要"执干戚而舞"的刑天。

此后我就更其搜集绘图的书，于是有了石印的《尔雅音图》和《毛诗品物图考》，又有了《点石斋丛画》和《诗画舫》。《山海经》也另买了一部石印的，每卷都有图赞，绿色的画，字是红的，比那木刻的精致得多了。这一部直到前年还在，是缩印的郝懿行疏。木刻的却已经记不清是什么时候失掉了。

我的保姆，长妈妈即阿长，辞了这人世，大概也有了三十年了罢。我终于不知道她的姓名，她的经历；仅知道有一个过继的儿子，她大约是青年守寡的孤孀。

仁厚黑暗的地母呵，愿在你怀里永安她的魂灵！

一九二六年三月十日

简 析

向来笔锋锐利的鲁迅先生，在《朝花夕拾》中却为自己儿时的保姆、一名普通的村妇——长妈妈作了这篇感情真挚、清新动人的小文，表达了作家的怀念之情。地位卑微的长妈妈愚昧无知、迷信唠叨，但勤劳善良，对于小主人"我"有一份发自内心的爱与关怀。尽管她不懂什么大道理，有时候甚至显得粗鲁（如新年时强塞"福橘"），但她是唯一真正关心"我"的需要与渴望的人，悄悄买来"我"盼望已久的《山海经》送"我"。通过这一件小事，使长妈妈的形象丰满可亲起来，她也正是旧中国千千万万劳动妇女的典型之一。

《二十四孝图》

　　我总要上下四方寻求，得到一种最黑，最黑，最黑的咒文，先来诅咒一切反对白话，妨害白话者。即使人死了真有灵魂，因这最恶的心，应该堕入地狱，也将决不改悔，总要先来诅咒一切反对白话，妨害白话者。

　　自从所谓"文学革命"以来，供给孩子的书籍，和欧，美，日本的一比较，虽然很可怜，但总算有图有说，只要能读上去，就可以懂得的了。可是一班别有心肠的人们，便竭力来阻遏它，要使孩子的世界中，没有一丝乐趣。北京现在常用"马虎子"这一句话来恐吓孩子们。或者说，那就是《开河记》上所载的，给隋炀帝开河，蒸死小儿的麻叔谋；正确地写起来，须是"麻胡子"。那么，这麻叔谋乃是胡人了。但无论他是什么人，他的吃小孩究竟也还有限，不过尽他的一生。妨害白话者的流毒却甚于洪水猛兽，非常广大，也非常长久，能使全中国化成一个麻胡，凡有孩子都死在他肚子里。

　　只要对于白话来加以谋害者，都应该灭亡！

　　这些话，绅士们自然难免要掩住耳朵的，因为就是所谓"跳到半天空，骂得体无完肤，——还不肯罢休。"而且文士们一定也要骂，以为大悖于"文格"，亦即大损于"人格"。岂不是"言者心声也"么？"文"和"人"当然是相关的，虽然人间世本来千奇百怪，教授们中也有"不尊敬"作者的人格而不能"不说他的小说好"的特别种族。但这些我都不管，因为我幸而还没有爬上"象牙之塔"去，正无须怎样小心。倘若无意中竟已撞上了，那就即刻跌下来罢。然而在跌下来的中途，当还未到地之前，还要说一遍：

只要对于白话来加以谋害者，都应该灭亡！

每看见小学生欢天喜地地看着一本粗拙的《儿童世界》之类，另想到别国的儿童用书的精美，自然要觉得中国儿童的可怜。但回忆起我和我的同窗小友的童年，却不能不以为他幸福，给我们的永逝的韶光一个悲哀的吊唁。我们那时有什么可看呢，只要略有图画的本子，就要被塾师，就是当时的"引导青年的前辈"禁止，呵斥，甚而至于打手心。我的小同学因为专读"人之初性本善"读得要枯燥而死了，只好偷偷地翻开第一叶，看那题着"文星高照"四个字的恶鬼一般的魁星像，来满足他幼稚的爱美的天性。昨天看这个，今天也看这个，然而他们的眼睛里还闪出苏醒和欢喜的光辉来。

在书塾以外，禁令可比较的宽了，但这是说自己的事，各人大概不一样。我能在大众面前，冠冕堂皇地阅看的，是《文昌帝君阴骘文图说》和《玉历钞传》，都画着冥冥之中赏善罚恶的故事，雷公电母站在云中，牛头马面布满地下，不但"跳到半天空"是触犯天条的，即使半语不合，一念偶差，也都得受相当的报应。这所报的也并非"睚眦之怨"，因为那地方是鬼神为君，"公理"作宰，请酒下跪，全都无功，简直是无法可想。在中国的天地间，不但做人，便是做鬼，也艰难极了。然而究竟很有比阳间更好的处所：无所谓"绅士"，也没有"流言"。

阴间，倘要稳妥，是颂扬不得的。尤其是常常好弄笔墨的人，在现在的中国，流言的治下，而又大谈"言行一致"的时候。前车可鉴，听说阿尔志跋绥夫曾答一个少女的质问说，"惟有在人生的事实这本身中寻出欢喜者，可以活下去。倘若在那里什么也不见，他们其实倒不如死。"于是乎有一个叫做密哈罗夫的，寄信嘲骂他道，"……所以我完全诚实地劝你自杀来祸福你自己的生命，因为这第一是合于逻辑，第二是你的言语和行为不至于背驰。"

其实这论法就是谋杀，他就这样地在他的人生中寻出欢喜来。阿尔志跋绥夫只发了一大通牢骚，没有自杀。密哈罗夫先生后来不知道怎样，这一个欢喜失掉了，或者另外又寻到了"什

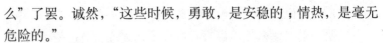

么"了罢。诚然，"这些时候，勇敢，是安稳的；情热，是毫无危险的。"

然而，对于阴间，我终于已经颂扬过了，无法追改；虽有"言行不符"之嫌，但确没有受过阎王或小鬼的半文津贴，则差可以自解。总而言之，还是仍然写下去罢：

我所看的那些阴间的图画，都是家藏的老书，并非我所专有。我所收得的最先的画图本子，是一位长辈的赠品：《二十四孝图》。这虽然不过薄薄的一本书，但是下图上说，鬼少人多，又为我一人所独有，使我高兴极了。那里面的故事，似乎是谁都知道的；便是不识字的人，例如阿长，也只要一看图画便能够滔滔地讲出这一段的事迹。但是，我于高兴之余，接着就是扫兴，因为我请人讲完了二十四个故事之后，才知道"孝"有如此之难，对于先前痴心妄想，想做孝子的计划，完全绝望了。

"人之初，性本善"么？这并非现在要加研究的问题。但我还依稀记得，我幼小时候实未尝蓄意忤逆，对于父母，倒是极愿意孝顺的。不过年幼无知，只用了私见来解释"孝顺"的做法，以为无非是"听话"，"从命"，以及长大之后，给年老的父母好好地吃饭罢了。自从得了这一本孝子的教科书以后，才知道并不然，而且还要难到几十几百倍。其中自然也有可以勉力仿效的，如"子路负米"，"黄香扇枕"之类。"陆绩怀橘"也并不难，只要有阔人请我吃饭。"鲁迅先生作宾客而怀橘乎？"我便跪答云，"吾母性之所爱，欲归以遗母。"阔人大佩服，于是孝子就做稳了，也非常省事。"哭竹生笋"就可疑，怕我的精诚未必会这样感动天地。但是哭不出笋来，还不过抛脸而已，一到"卧冰求鲤"，可就有性命之虞了。我乡的天气是温和的，严冬中，水面也只结一层薄冰，即使孩子的重量怎样小，躺上去，也一定哗喇一声，冰破落水，鲤鱼还不及游过来。自然，必须不顾性命，这才孝感神明，会有出乎意料之外的奇迹，但那时我还小，实在不明白这些。

其中最使我不解，甚至于发生反感的，是"老莱娱亲"和"郭巨埋儿"两件事。

我至今还记得，一个躺在父母跟前的老头子，一个抱在母亲手上的小孩子，是怎样地使我发生不同的感想呵。他们一手都拿着"摇咕咚"。这玩意儿确是可爱的，北京称为小鼓，盖即鼗也，朱熹曰："鼗，小鼓，两旁有耳；持其柄而摇之，则旁耳还自击，"咕咚咕咚地响起来。然而这东西是不该拿在老莱子手里的，他应该扶一枝拐杖。现在这模样，简直是装佯，侮辱了孩子。我没有再看第二回，一到这一页，便急速地翻过去了。

那时的《二十四孝图》，早已不知去向了，目下所有的只是一本日本小田海僊所画的本子，叙老莱子事云，"行年七十，言不称老，常著五色斑斓之衣，为婴儿戏于亲侧。又常取水上堂，诈跌仆地，作婴儿啼，以娱亲意。"大约旧本也差不多，而招我反感的便是"诈跌"。无论忤逆，无论孝顺，小孩子多不愿意"诈"作，听故事也不喜欢是谣言，这是凡有稍稍留心儿童心理的都知道的。

然而在较古的书上一查，却还不至于如此虚伪。师觉授《孝子传》云，"老莱子……常著斑斓之衣，为亲取饮，上堂脚跌，恐伤父母之心，僵仆为婴儿啼。"（《太平御览》四百十三引）较之今说，似稍近于人情。不知怎地，后之君子却一定要改得他"诈"起来，心里才能舒服。邓伯道弃子救侄，想来也不过"弃"而已矣，昏妄人也必须说他将儿子捆在树上，使他追不上来才肯歇手。正如将"肉麻当作有趣"一般，以不情为伦纪，诬蔑了古人，教坏了后人。老莱子即是一例，道学先生以为他白璧无瑕时，他却已在孩子的心中死掉了。

至于玩着"摇咕咚"的郭巨的儿子，却实在值得同情。他被抱在他母亲的臂膊上，高高兴兴地笑着；他的父亲却正在掘窟窿，要将他埋掉了。说明云，"汉郭巨家贫，有子三岁，母尝减食与之。巨谓妻曰，贫乏不能供母，子又分母之食，盍埋此子？"但是刘向《孝子传》所说，却又有些不同：巨家是富的，他都给了两弟；孩子是才生的，并没有到三岁。结末又大略相像了，"及掘坑二尺，得黄金一釜，上云：天赐郭巨，官不得取，民不得夺！"

我最初实在替这孩子捏一把汗，待到掘出黄金一釜，这才觉得轻松。然而我已经不但自己不敢再想做孝子，并且怕我父

亲去做孝子了。家景正在坏下去，常听到父母愁柴米；祖母又老了，倘使我的父亲竟学了郭巨，那么，该埋的不正是我么？如果一丝不走样，也掘出一釜黄金来，那自然是如天之福，但是，那时我虽然年纪小，似乎也明白天下未必有这样的巧事。

现在想起来，实在很觉得傻气。这是因为现在已经知道了这些老玩艺，本来谁也不实行。整饬伦纪的文电是常有的，却很少见绅士赤条条地躺在冰上面，将军跳下汽车去负米。何况现在早长大了，看过几部古书，买过几本新书，什么《太平御览》咧，《古孝子传》咧，《人口问题》咧，《节制生育》咧，《二十世纪是儿童的世界》咧，可以抵抗被埋的理由多得很。不过彼一时，此一时，彼时我委实有点害怕：掘好深坑，不见黄金，连"摇咕咚"一同埋下去，盖上土，踏得实实的，又有什么法子可想呢。我想，事情虽然未必实现，但我从此总怕听到我的父母愁穷，怕看见我的白发的祖母，总觉得她是和我不两立，至少，也是一个和我的生命有些妨碍的人。后来这印象日见其淡了，但总有一些留遗，一直到她去世——这大概是送给《二十四孝图》的儒者所万料不到的罢。

一九二六年五月十日

简析

鲁迅先生一直关注着封建礼教束缚下的妇女、儿童的命运。在本文中，他将自古作为儿童读物的《二十四孝图》的低劣、可笑之处展露于读者面前，对于其中的封建糟粕加以无情的批判。"哭竹生笋"、"老莱娱亲"已然夸张无聊，至于"郭巨埋儿"则完全是在鼓吹被封建礼教扭曲的人性，把原本自然而然的爱变得残忍可怕，给儿童纯真的心灵留下阴霾。这正是鲁迅先生深恶痛绝的"虚伪道德"的产物。

无　常

　　迎神赛会这一天出巡的神，如果是掌握生杀之权的，——不，这生杀之权四个字不大妥，凡是神，在中国仿佛都有些随意杀人的权柄似的，倒不如说是职掌人民的生死大事的罢，就如城隍和东岳大帝之类，那么，他的卤簿中间就另有一群特别的脚色：鬼卒，鬼王，还有活无常。

　　这些鬼物们，大概都是由粗人和乡下人扮演的。鬼卒和鬼王是红红绿绿的衣裳，赤着脚；蓝脸，上面又画些鱼鳞，也许是龙鳞或别的什么鳞罢，我不大清楚。鬼卒拿着钢叉，叉环振得琅琅地响，鬼王拿的是一块小小的虎头牌。据传说，鬼王是只用一只脚走路的；但他究竟是乡下人，虽然脸上已经画上些鱼鳞或者别的什么鳞，却仍然只得用了两只脚走路。所以看客对于他们不很敬畏，也不大留心，除了念佛老妪和她的孙子们为面面圆到起见，也照例给他们一个"不胜屏营待命之至"的仪节。

　　至于我们——我相信：我和许多人——所最愿意看的，却在活无常。他不但活泼而诙谐，单是那浑身雪白这一点，在红红绿绿中就有"鹤立鸡群"之概。只要望见一顶白纸的高帽子和他手里的破芭蕉扇的影子，大家就都有些紧张，而且高兴起来了。

　　人民之于鬼物，惟独与他最为稔熟，也最为亲密，平时也常常可以遇见他。譬如城隍庙或东岳庙中，大殿后面就有一间暗室，叫作"阴司间"，在才可辨色的昏暗中，塑着各种鬼：吊

死鬼，跌死鬼，虎伤鬼，科场鬼，……而一进门口所看见的长而白的东西就是他。我虽然也曾瞻仰过一回这"阴司间"，但那时胆子小，没有看明白。听说他一手还拿着铁索，因为他是勾摄生魂的使者。相传樊江东岳庙的"阴司间"的构造，本来是极其特别的：门口是一块活板，人一进门，踏着活板的这一端，塑在那一端的他便扑过来，铁索正套在你脖子上。后来吓死了一个人，钉实了，所以在我幼小的时候，这就已不能动。

倘使要看个分明，那么，《玉历钞传》上就画着他的像，不过《玉历钞传》也有繁简不同的本子的，倘是繁本，就一定有。身上穿的是斩衰凶服，腰间束的是草绳，脚穿草鞋，项挂纸锭；手上是破芭蕉扇，铁索，算盘；肩膀是耸起的，头发却披下来；眉眼的外梢都向下，像一个"八"字。头上一顶长方帽，下大顶小，按比例一算，该有二尺来高罢；在正面，就是遗老遗少们所戴瓜皮小帽的缀一粒珠子或一块宝石的地方，直写着四个字道："一见有喜"。有一种本子上，却写的是"你也来了"。这四个字，是有时也见于包公殿的扁额上的，至于他的帽上是何人所写，他自己还是阎罗王，我可没有研究出。

《玉历钞传》上还有一种和活无常相对的鬼物，装束也相仿，叫作"死有分"。这在迎神时候也有的，但名称却讹作死无常了，黑脸，黑衣，谁也不爱看。在"阴司间"里也有的，胸口靠着墙壁，阴森森地站着；那才真真是"碰壁"。凡有进去烧香的人们，必须摩一摩他的脊梁，据说可以摆脱了晦气；我小时也曾摩过这脊梁来，然而晦气似乎终于没有脱，——也许那时不摩，现在晦气还要重罢，这一节也还是没有研究出。

我也没有研究过小乘佛教的经典，但据耳食之谈，则在印度的佛经里，焰摩天是有的，牛首阿旁也有的，都在地狱里做主任。至于勾摄生魂的使者的这无常先生，却似乎于古无征，耳所习闻的只有什么"人生无常"之类的话。大概这意思传到中国之后，人们便将他具象化了。这实在是我们中国人的创作。

然而人们一见他，为什么就都有些紧张，而且高兴起来呢？

凡有一处地方，如果出了文士学者或名流，他将笔头一扭，就很容易变成"模范县"。我的故乡，在汉末虽曾经虞仲翔先生揄扬过，但是那究竟太早了，后来到底免不了产生所谓"绍兴师爷"，不过也并非男女老小全是"绍兴师爷"，别的"下等人"也不少。这些"下等人"，要他们发什么"我们现在走的是一条狭窄险阻的小路，左面是一个广漠无际的泥潭，右面也是一片广漠无际的浮砂，前面是遥遥茫茫荫在薄雾的里面的目的地"那样热昏似的妙语，是办不到的，可是在无意中，看得往这"荫在薄雾的里面的目的地"的道路很明白：求婚，结婚，养孩子，死亡。但这自然是专就我的故乡而言，若是"模范县"里的人民，那当然又作别论。他们——敝同乡"下等人"——的许多，活着，苦着，被流言，被反噬，因了积久的经验，知道阳间维持"公理"的只有一个会，而且这会的本身就是"遥遥茫茫"，于是乎势不得不发生对于阴间的神往。人是大抵自以为衔些冤抑的；活的"正人君子"们只能骗鸟，若问愚民，他就可以不假思索地回答你：公正的裁判是在阴间！

　　想到生的乐趣，生固然可以留恋；但想到生的苦趣，无常也不一定是恶客。无论贵贱，无论贫富，其时都是"一双空手见阎王"，有冤的得伸，有罪的就得罚。然而虽说是"下等人"，也何尝没有反省？自己做了一世人，又怎么样呢？未曾"跳到半天空"么？没有"放冷箭"么？无常的手里就拿着大算盘，你摆尽臭架子也无益。对付别人要滴水不羼的公理，对自己总还不如虽在阴司里也还能够寻到一点私情。然而那又究竟是阴间，阎罗天子，牛首阿旁，还有中国人自己想出来的马面，都是并不兼差，真正主持公理的脚色，虽然他们并没有在报上发表过什么大文章。当还未做鬼之前，有时先不欺心的人们，遥想着将来，就又不能不想在整块的公理中，来寻一点情面的末屑，这时候，我们的活无常先生便见得可亲爱了，利中取大，害中取小，我们的古哲墨翟先生谓之"小取"云。

　　在庙里泥塑的，在书上墨印的模样上，是看不出他那可爱来的。最好是去看戏。但看普通的戏也不行，必须看"大戏"或者"目连戏"。目连戏的热闹，张岱在《陶庵梦忆》上也曾夸张过，说是要连演两三天。在我幼小时候可已经不然了，也如大戏一样，始于黄昏，到次日的天明便完结。这都是敬神禳灾

的演剧，全本里一定有一个恶人，次日的将近天明便是这恶人的收场的时候，"恶贯满盈"，阎王出票来勾摄了，于是乎这活的活无常便在戏台上出现。

我还记得自己坐在这一种戏台下的船上的情形，看客的心情和普通是两样的。平常愈夜深愈懒散，这时却愈起劲。他所戴的纸糊的高帽子，本来是挂在台角上的，这时预先拿进去了；一种特别乐器，也准备使劲地吹。这乐器好像喇叭，细而长，可有七八尺，大约是鬼物所爱听的罢，和鬼无关的时候就不用；吹起来，Nhatu，nhatu，nhatututuu 地响，所以我们叫它"目连嗐头"。

在许多人期待着恶人的没落的凝望中，他出来了，服饰比画上还简单，不拿铁索，也不带算盘，就是雪白的一条莽汉，粉面朱唇，眉黑如漆，蹙着，不知道是在笑还是在哭。但他一出台就须打一百零八个嚏，同时也放一百零八个屁，这才自述他的履历。可惜我记不清楚了，其中有一段大概是这样：

…………
大王出了牌票，叫我去拿隔壁的癞子。
问了起来呢，原来是我堂房的阿侄。
生的是什么病？伤寒，还带痢疾。
看的是什么郎中？下方桥的陈念义 la 儿子。
开的是怎样的药方？附子，肉桂，外加牛膝。
第一煎吃下去，冷汗发出；
第二煎吃下去，两脚笔直。
我道 nga 阿嫂哭得悲伤，暂放他还阳半刻。
大王道我是得钱买放，就将我捆打四十！

这叙述里的"子"字都读作入声。陈念义是越中的名医，俞仲华曾将他写入《荡寇志》里，拟为神仙；可是一到他的令郎，似乎便不大高明了。la 者"的"也；"儿"读若"倪"，倒是古音罢；nga 者，"我的"或"我们的"之意也。

他口里的阎罗天子仿佛也不大高明，竟会误解他的人格，——不，鬼格。但连"还阳半刻"都知道，究竟还不失其"聪明正直之谓神"。不过这惩罚，却给了我们的活无常以不可磨灭的冤苦的印象，一提起，就使他更加蹙紧双眉，捏定破芭蕉扇，脸向着地，鸭子浮水似的跳舞起来。

Nhatu, nhatu, nhatu—nhatu—nhatututuu！目连嗐头也冤苦不堪似的吹着。他因此决定了：

> 难是弗放者个！
> 那怕你，铜墙铁壁！
> 那怕你，皇亲国戚！
> …………

"难"者，"今"也；"者个"者"的了"之意，词之决也。"虽有忮心，不怨飘瓦"，他现在毫不留情了，然而这是受了阎罗老子的督责之故，不得已也。一切鬼众中，就是他有点人情；我们不变鬼则已，如果要变鬼，自然就只有他可以比较的相亲近。

我至今还确凿记得，在故乡时候，和"下等人"一同，常常这样高兴地正视过这鬼而人，理而情，可怖而可爱的无常；而且欣赏他脸上的哭或笑，口头的硬语与谐谈……

迎神时候的无常，可和演剧上的又有些不同了。他只有动作，没有言语，跟定了一个捧着一盘饭菜的小丑似的脚色走，他要去吃；他却不给他。另外还加添了两名脚色，就是"正人君子"之所谓"老婆儿女"。凡"下等人"，都有一种通病：常喜欢以己之所欲，施之于人。虽是对于鬼，也不肯给他孤寂，凡有鬼神，大概总要给他们一对一对地配起来。无常也不在例外。所以，一个是漂亮的女人，只是很有些村妇样，大家都称她无常嫂；这样看来，无常是和我们平辈的，无怪他不摆教授先生的架子。一个是小孩子，小高帽，小白衣；虽然小，两肩却已经耸起了，眉目的外梢也向下。这分明是无常少爷了，大家却叫他阿领，对于他似乎都不很表敬意；猜起来，仿佛是无常嫂的前夫之子似的。但不知何以相貌又和无常有这么像？吁！鬼神之事，难言之矣，只得姑且置之弗论。至于无常何以没有亲儿女，到今

49

年可很容易解释了；鬼神能前知，他怕儿女一多，爱说闲话的就要旁敲侧击地锻成他拿卢布，所以不但研究，还早已实行了"节育"了。

这捧着饭菜的一幕，就是"送无常"。因为他是勾魂使者，所以民间凡有一个人死掉之后，就得用酒饭恭送他。至于不给他吃，那是赛会时候的开玩笑，实际上并不然。但是，和无常开玩笑，是大家都有此意的，因为他爽直，爱发议论，有人情，——要寻真实的朋友，倒还是他妥当。

有人说，他是生人走阴，就是原是人，梦中却入冥去当差的，所以很有些人情。我还记得住在离我家不远的小屋子里的一个男人，便自称是"走无常"，门外常常燃着香烛。但我看他脸上的鬼气反而多。莫非入冥做了鬼，倒会增加人气的么？吁！鬼神之事，难言之矣，这也只得姑且置之弗论了。

一九二六年六月二十三日

简 析

青少年读者们可能会对鲁迅先生下大力气描绘一个迷信传说中的"鬼"而奇怪。其实鲁迅正是借"鬼"喻人，通过赞许"无常"身上的"人性"来鞭笞人世间那些自诩"正人君子"之流。鲁迅将自己的命运与下层人民联系在一起，休戚与共，与他们一起喜爱那个正直又不乏人情味的"无常"。同时，鲁迅先生与"下等人"们一样，相信"公正的裁判是在阴间"，蕴含着对鼓吹"公理"的"现代评论派"文人的辛辣嘲讽。

从百草园到三味书屋

　　我家的后面有一个很大的园，相传叫做百草园。现在是早已并屋子一起卖给朱文公的子孙了，连那最末次的相见也已经隔了七八年，其中似乎确凿只有一些野草；但那时却是我的乐园。

　　不必说碧绿的菜畦，光滑的石井栏，高大的皂荚树，紫红的桑椹；也不必说鸣蝉在树叶里长吟，肥胖的黄蜂伏在菜花上，轻捷的叫天子（云雀）忽然从草间直窜向云霄里去了。单是周围的短短的泥墙根一带，就有无限趣味。油蛉在这里低唱，蟋蟀们在这里弹琴。翻开断砖来，有时会遇见蜈蚣；还有斑蝥，倘若用手指按住它的脊梁，便会拍的一声，从后窍喷出一阵烟雾。何首乌藤和木莲藤缠络着，木莲有莲房一般的果实，何首乌有拥肿的根。有人说，何首乌根是有像人形的，吃了便可以成仙，我于是常常拔它起来，牵连不断地拔起来，也曾因此弄坏了泥墙，却从来没有见过有一块根像人样。如果不怕刺，还可以摘到覆盆子，像小珊瑚珠攒成的小球，又酸又甜，色味都比桑椹要好得远。

　　长的草里是不去的，因为相传这园里有一条很大的赤练蛇。

　　长妈妈曾经讲给我一个故事听：先前，有一个读书人住在古庙里用功，晚间，在院子里纳凉的时候，突然听到有人在叫他。答应着，四面看时，却见一个美女的脸露在墙头上，向他一笑，隐去了。他很高兴；但竟给那走来夜谈的老和尚识破了机关。说他脸上有些妖气，一定遇见"美女蛇"了；这是人首蛇身的怪物，能唤人名，倘一答应，夜间便要来吃这人的肉的。他自

然吓得要死，而那老和尚却道无妨，给他一个小盒子，说只要放在枕边，便可高枕而卧。他虽然照样办，却总是睡不着，——当然睡不着的。到半夜，果然来了，沙沙沙！门外像是风雨声。他正抖作一团时，却听得豁的一声，一道金光从枕边飞出，外面便什么声音也没有了，那金光也就飞回来，敛在盒子里。后来呢？后来，老和尚说，这是飞蜈蚣，它能吸蛇的脑髓，美女蛇就被它治死了。

结末的教训是：所以倘有陌生的声音叫你的名字，你万不可答应他。

这故事很使我觉得做人之险，夏夜乘凉，往往有些担心，不敢去看墙上，而且极想得到一盒老和尚那样的飞蜈蚣。走到百草园的草丛旁边时，也常常这样想。但直到现在，总还没有得到，但也没有遇见过赤练蛇和美女蛇。叫我名字的陌生声音自然是常有的，然而都不是美女蛇。

冬天的百草园比较的无味；雪一下，可就两样了。拍雪人（将自己的全形印在雪上）和塑雪罗汉需要人们鉴赏，这是荒园，人迹罕至，所以不相宜，只好来捕鸟。薄薄的雪，是不行的；总须积雪盖了地面一两天，鸟雀们久已无处觅食的时候才好。扫开一块雪，露出地面，有一枝短棒支起一面大的竹筛来，下面撒些秕谷，棒上系一条长绳，人远远地牵着，看鸟雀下来啄食，走到竹筛底下的时候，将绳子一拉，便罩住了。但所得的是麻雀居多，也有白颊的"张飞鸟"，性子很躁，养不过夜的。

这是闰土的父亲所传授的方法，我却不大能用。明明见它们进去了，拉了绳，跑去一看，却什么都没有，费了半天力，捉住的不过三四只。闰土的父亲是小半天便能捕获几十只，装在叉袋里叫着撞着的。我曾经问他得失的缘由，他只静静地笑道：你太性急，来不及等它走到中间去。

我不知道为什么家里的人要将我送进书塾里去了，而且还是全城中称为最严厉的书塾。也许是因为拔何首乌毁了泥墙罢，也许是因为将砖头抛到间壁的梁家去了罢，也许是因为站在石井栏上跳了下来罢，……都无从知道。总而言之：我将不能常到百草园了。Ade，我的蟋蟀们！ Ade，我的覆盆子们和木莲们！……

出门向东，不上半里，走过一道石桥，便是我的先生的家了。从一扇黑油的竹门进去，第三间是书房。中间挂着一块扁道：三味书屋；扁下面是一幅画，画着一只很肥大的梅花鹿伏在古树下。没有孔子牌位，我们便对着那扁和鹿行礼。第一次算是拜孔子，第二次算是拜先生。

第二次行礼时，先生便和蔼地在一旁答礼。他是一个高而瘦的老人，须发都花白了，还戴着大眼镜。我对他很恭敬，因为我早听到，他是本城中极方正，质朴，博学的人。

不知从那里听来的，东方朔也很渊博，他认识一种虫，名曰"怪哉"，冤气所化，用酒一浇，就消释了。我很想详细地知道这故事，但阿长是不知道的，因为她毕竟不渊博。现在得到机会了，可以问先生。

"先生，'怪哉'这虫，是怎么一回事？……"我上了生书，将要退下来的时候，赶忙问。

"不知道！"他似乎很不高兴，脸上还有怒色了。

我才知道做学生是不应该问这些事的，只要读书，因为他是渊博的宿儒，决不至于不知道，所谓不知道者，乃是不愿意说。年纪比我大的人，往往如此，我遇见过好几回了。

我就只读书，正午习字，晚上对课。先生最初这几天对我很严厉，后来却好起来了，不过给我读的书渐渐加多，对课也渐渐地加上字去，从三言到五言，终于到七言。

三味书屋后面也有一个园，虽然小，但在那里也可以爬上花坛去折蜡梅花，在地上或桂花树上寻蝉蜕。最好的工作是捉了苍蝇喂蚂蚁，静悄悄地没有声音。然而同窗们到园里的太多，太久，可就不行了，先生在书房里便大叫起来：

"人都到那里去了？！"

人们便一个一个陆续走回去；一同回去，也不行的。他有一条戒尺，但是不常用，也有罚跪的规则，但也不常用，普通总不过瞪几眼，大声道：

"读书！"

于是大家放开喉咙读一阵书，真是人声鼎沸。有念"仁远

乎哉我欲仁斯仁至矣"的，有念"笑人齿缺曰狗窦大开"的，有念"上九潜龙勿用"的，有念"厥土下上上错厥贡苞茅橘柚"的……先生自己也念书。后来，我们的声音便低下去，静下去了，只有他还大声朗读着：

"铁如意，指挥倜傥，一座皆惊呢——；金叵罗，颠倒淋漓噫，千杯未醉嗬——……"

我疑心这是极好的文章，因为读到这里，他总是微笑起来，而且将头仰起，摇着，向后面拗过去，拗过去。

先生读书入神的时候，于我们是很相宜的。有几个便用纸糊的盔甲套在指甲上做戏。我是画画儿，用一种叫做"荆川纸"的，蒙在小说的绣像上一个个描下来，像习字时候的影写一样。读的书多起来，画的画也多起来；书没有读成，画的成绩却不少了，最成片段的是《荡寇志》和《西游记》绣像，都有一大本。后来，因为要钱用，卖给一个有钱的同窗了。他的父亲是开锡箔店的；听说现在自己已经做了店主，而且快要升到绅士的地位了。这东西早已没有了罢。

一九二六年九月十八日

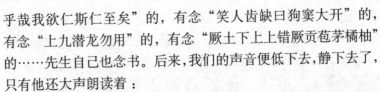

简 析

本文很早就收入中学语文课本，因为它无论生动的描摹还是清晰的线索，都堪称现代文写作的典范。鲁迅先生以儿童的独特视角对百草园和三味书屋做了细致的观察：一边是大自然的勃勃生机、趣味盎然；一边是枯燥乏味的夫子讲堂，沉闷灰暗，二者形成鲜明的对比。对于无视儿童心理、缺乏科学性的旧式教育的批判也是不着一字而褒贬尽现，可谓匠心独运。

琐 记

衍太太现在是早经做了祖母，也许竟做了曾祖母了；那时却还年青，只有一个儿子比我大三四岁。她对自己的儿子虽然狠，对别家的孩子却好的，无论闹出什么乱子来，也决不去告诉各人的父母，因此我们就最愿意在她家里或她家的四近玩。

举一个例说罢，冬天，水缸里结了薄冰的时候，我们大清早起一看见，便吃冰。有一回给沈四太太看到了，大声说道："莫吃呀，要肚子疼的呢！"这声音又给我母亲听到了，跑出来我们都挨了一顿骂，并且有大半天不准玩。我们推论祸首，认定是沈四太太，于是提起她就不用尊称了，给她另外起了一个绰号，叫做"肚子疼"。

衍太太却决不如此。假如她看见我们吃冰，一定和蔼地笑着说，"好，再吃一块。我记着，看谁吃得多。"

但我对于她也有不满足的地方。一回是很早的时候了，我还很小，偶然走进她家去，她正在和她的男人看书。我走近去，她便将书塞在我的眼前道，"你看，你知道这是什么？"我看那书上画着房屋，有两个人光着身子仿佛在打架，但又不很像。正迟疑间，他们便大笑起来了。这使我很不高兴，似乎受了一个极大的侮辱，不到那里去大约有十多天。一回是我已经十多岁了，和几个孩子比赛打旋子，看谁旋得多。她就从旁计着数，说道，"好，八十二个了！再旋一个，八十三！好，八十四……"但正在旋着的阿祥，忽然跌倒了，阿祥的婶母也恰恰走进来。她便接着说道，"你看，不是跌了么？不听我的话。

55

我叫你不要旋，不要旋……"

虽然如此，孩子们总还喜欢到她那里去。假如头上碰得肿了一大块的时候，去寻母亲去罢，好的是骂一通，再给擦一点药；坏的是没有药擦，还添几个栗凿和一通骂。衍太太却决不埋怨，立刻给你用烧酒调了水粉，搽在疙瘩上，说这不但止痛，将来还没有瘢痕。

父亲故去之后，我也还常到她家里去，不过已不是和孩子们玩耍了，却是和衍太太或她的男人谈闲天。我其时觉得很有许多东西要买，看的和吃的，只是没有钱。有一天谈到这里，她便说道，"母亲的钱，你拿来用就是了，还不就是你的么？"我说母亲没有钱，她就说可以拿首饰去变卖；我说没有首饰，她却道，"也许你没有留心。到大橱的抽屉里，角角落落去寻去，总可以寻出一点珠子这类东西……"

这些话我听去似乎很异样，便又不到她那里去了，但有时又真想去打开大橱，细细地寻一寻。大约此后不到一月，就听到一种流言，说我已经偷了家里的东西去变卖了，这实在使我觉得有如掉在冷水里。流言的来源，我是明白的，倘是现在，只要有地方发表，我总要骂出流言家的狐狸尾巴来，但那时太年青，一遇流言，便连自己也仿佛觉得真是犯了罪，怕遇见人们的眼睛，怕受到母亲的爱抚。

好。那么，走罢！

但是，那里去呢？S城人的脸早经看熟，如此而已，连心肝也似乎有些了然。总得寻别一类人们去，去寻为S城人所诟病的人们，无论其为畜生或魔鬼。那时为全城所笑骂的是一个开得不久的学校，叫作中西学堂，汉文之外，又教些洋文和算学。然而已经成为众矢之的了；熟读圣贤书的秀才们，还集了"四书"的句子，做一篇八股来嘲诮它，这名文便即传遍了全城，人人当作有趣的话柄。我只记得那"起讲"的开头是：

"徐子以告夷子曰：吾闻用夏变夷者，未闻变于夷者也。

今也不然：鴃舌之音，闻其声，皆雅言也。……"

以后可忘却了，大概也和现今的国粹保存大家的议论差不多。但我对于这中西学堂，却也不满足，因为那里面只教汉文、算学、英文和法文。功课较为别致的，还有杭州的求是书院，然而学费贵。

无须学费的学校在南京，自然只好往南京去。第一个进去的学校，目下不知道称为什么了，光复以后，似乎有一时称为雷电学堂，很像《封神榜》上"太极阵""混元阵"一类的名目。总之，一进仪凤门，便可以看见它那二十丈高的桅杆和不知多高的烟囱。功课也简单，一星期中，几乎四整天是英文："It is a cat." "Is it a rat？"一整天是读汉文："君子曰，颍考叔可谓纯孝也已矣，爱其母，施及庄公。"一整天是做汉文：《知己知彼百战百胜论》，《颍考叔论》，《云从龙风从虎论》，《咬得菜根则百事可做论》。

初进去当然只能做三班生，卧室里是一桌一凳一床，床板只有两块。头二班学生就不同了，二桌二凳或三凳一床，床板多至三块。不但上讲堂时挟着一堆厚而且大的洋书，气昂昂地走着，决非只有一本"泼赖妈"和四本《左传》的三班生所敢正视；便是空着手，也一定将肘弯撑开，像一只螃蟹，低一班的在后面总不能走出他之前。这一种螃蟹式的名公巨卿，现在都阔别得很久了，前四五年，竟在教育部的破脚躺椅上，发见了这姿势，然而这位老爷却并非雷电学堂出身的，可见螃蟹态度，在中国也颇普遍。

可爱的是桅杆。但并非如"东邻"的"支那通"所说，因为它"挺然翘然"，又是什么的象征。乃是因为它高，乌鸦喜鹊，都只能停在它的半途的木盘上。人如果爬到顶，便可以近看狮子山，远眺莫愁湖，——但究竟是否真可以眺得那么远，我现在可委实有点记不清楚了。而且不危险，下面张着网，即使跌下来，也不过如一条小鱼落在网子里；况且自从张网以后，听说也还没有人曾经跌下来。

原先还有一个池，给学生学游泳的，这里面却淹死了两个年幼的学生。当我进去时，早填平了，不但填平，上面还造了一所小小的关帝庙。庙旁是一座焚化字纸的砖炉，炉口上方横

写着四个大字道："敬惜字纸"。只可惜那两个淹死鬼失了池子，难讨替代，总在左近徘徊，虽然已有"伏魔大帝关圣帝君"镇压着。办学的人大概是好心肠的，所以每年七月十五，总请一群和尚到雨天操场来放焰口，一个红鼻而胖的大和尚戴上毗卢帽，捏诀，念咒："回资　，普弥耶吽！唵耶吽！唵！耶！吽！！！"

我的前辈同学被关圣帝君镇压了一整年，就只在这时候得到一点好处，——虽然我并不深知是怎样的好处。所以当这些时，我每每想：做学生总得自己小心些。

总觉得不大合适，可是无法形容出这不合适来。现在是发见了大致相近的字眼了，"乌烟瘴气"，庶几乎其可也。只得走开。近来是单是走开也就不容易，"正人君子"者流会说你骂人骂到了聘书，或者是发"名士"脾气，给你几句正经的俏皮话。不过那时还不打紧，学生所得的津贴，第一年不过二两银子，最初三个月的试习期内是零用五百文。于是毫无问题，去考矿路学堂去了，也许是矿路学堂，已经有些记不真，文凭又不在手头，更无从查考。试验并不难，录取的。

这回不是 It is a cat 了，是 Der Mann, Das Weib, Das Kind。汉文仍旧是"颍考叔可谓纯孝也已矣"，但外加《小学集注》。论文题目也小有不同，譬如《工欲善其事必先利其器论》，是先前没有做过的。

此外还有所谓格致，地学，金石学，……都非常新鲜。但是还得声明：后两项，就是现在之所谓地质学和矿物学，并非讲舆地和钟鼎碑版的。只是画铁轨横断面图却有些麻烦，平行线尤其讨厌。但第二年的总办是一个新党，他坐在马车上的时候大抵看着《时务报》，考汉文也自己出题目，和教员出的很不同。有一次是《华盛顿论》，汉文教员反而惴惴地来问我们道："华盛顿是什么东西呀？……"

看新书的风气便流行起来，我也知道了中国有一部书叫《天演论》。星期日跑到城南去买了来，白纸石印的一厚本，价五百文正。翻开一看，是写得很好的字，开首便道：

　　"赫胥黎独处一室之中，在英伦之南，背山而面野，槛外诸境，历历如在机下。乃悬想二千年前，当罗马大将恺彻未到时，此间有何景物？计惟有天造草昧……"

哦！原来世界上竟还有一个赫胥黎坐在书房里那么想，而且想得那么新鲜？一口气读下去，"物竞""天择"也出来了，苏格拉底，柏拉图也出来了，斯多噶也出来了。学堂里又设立了一个阅报处，《时务报》不待言，还有《译学汇编》，那书面上的张廉卿一流的四个字，就蓝得很可爱。

"你这孩子有点不对了，拿这篇文章去看去，抄下来去看去。"一位本家的老辈严肃地对我说，而且递过一张报纸来。接来看时，"臣许应　跪奏……"，那文章现在是一句也不记得了，总之是参康有为变法的；也不记得可曾抄了没有。

仍然自己不觉得有什么"不对"，一有闲空，就照例地吃侉饼，花生米，辣椒，看《天演论》。

但我们也曾经有过一个很不平安的时期。那是第二年，听说学校就要裁撤了。这也无怪，这学堂的设立，原是因为两江总督（大约是刘坤一罢）听到青龙山的煤矿出息好，所以开手的。待到开学时，煤矿那面却已将原先的技师辞退，换了一个不甚了然的人了。理由是：一、先前的技师薪水太贵；二、他们觉得开煤矿并不难。于是不到一年，就连煤在那里也不甚了然起来，终于是所得的煤，只能供烧那两架抽水机之用，就是抽了水掘煤，掘出煤来抽水，结一笔出入两清的账。既然开矿无利，矿路学堂自然也就无须乎开了，但是不知怎的，却又并不裁撤。到第三年我们下矿洞去看的时候，情形实在颇凄凉，抽水机当然还在转动，矿洞里积水却有半尺深，上面也点滴而下，几个矿工便在这里面鬼一般工作着。

毕业，自然大家都盼望的，但一到毕业，却又有些爽然若失。爬了几次桅，不消说不配做半个水兵；听了几年讲，下了几回矿洞，就能掘出金银铜铁锡来么？实在连自己也茫无把握，没有做《工欲善其事必先利其器论》的那么容易。爬上天空二十丈和钻下地面二十丈，结果还是一无所能，学问是"上穷碧落下黄泉，两处茫茫皆不见"了。所余的还只有一条路：到外国去。

留学的事，官僚也许可了，派定五名到日本去。其中的一个因为祖母哭得死去活来，不去了，只剩了四个。日本是同中国很两样的，我们应该如何准备呢？有一个前辈同学在，比我们早一年毕业，曾经游历过日本，应该知道些情形。跑去请教之后，他郑重地说：

"日本的袜是万不能穿的，要多带些中国袜。我看纸票也不好，你们带去的钱不如都换了他们的现银。"

四个人都说遵命。别人不知其详，我是将钱都在上海换了日本的银元，还带了十双中国袜——白袜。

后来呢？后来，要穿制服和皮鞋，中国袜完全无用；一元的银圆日本早已废置不用了，又赔钱换了半元的银圆和纸票。

一九二六年十月八日

简析

《锁记》的记叙年代跨度较大，分别以家乡的"衍太太"、水师学堂、矿路学堂为主要描写对象，回忆了鲁迅先生青少年时代的三个生活片段，鲁迅在那愚昧可笑的世界里四处寻觅，四处碰壁，揭露了当时中国满怀抱负的青年虽然渴望光明与前途，却找不到出路的黑暗现实。因此，作家的叙述时空虽跨越多年多处，内涵却更显集中，体现了散文"形散神聚"的特点。

藤野先生

　　东京也无非是这样。上野的樱花烂漫的时节，望去确也像绯红的轻云，但花下也缺不了成群结队的"清国留学生"的速成班，头顶上盘着大辫子，顶得学生制帽的顶上高高耸起，形成一座富士山。也有解散辫子，盘得平的，除下帽来，油光可鉴，宛如小姑娘的发髻一般，还要将脖子扭几扭。实在标致极了。

　　中国留学生会馆的门房里有几本书买，有时还值得去一转；倘在上午，里面的几间洋房里倒也还可以坐坐的。但到傍晚，有一间的地板便常不免要咚咚咚地响得震天，兼以满房烟尘斗乱；问问精通时事的人，答道，"那是在学跳舞。"

　　到别的地方去看看，如何呢？

　　我就往仙台的医学专门学校去。从东京出发，不久便到一处驿站，写道：日暮里。不知怎地，我到现在还记得这名目。其次却只记得水户了，这是明的遗民朱舜水先生客死的地方。仙台是一个市镇，并不大；冬天冷得利害；还没有中国的学生。

　　大概是物以希为贵罢。北京的白菜运往浙江，便用红头绳系住菜根，倒挂在水果店头，尊为"胶菜"；福建野生着的芦荟，一到北京就请进温室，且美其名曰"龙舌兰"。我到仙台也颇受了这样的优待，不但学校不收学费，几个职员还为我的食宿操心。我先是住在监狱旁边一个客店里的，初冬已经颇冷，蚊子却还多，后来用被盖了全身，用衣服包了头脸，只留两个鼻孔出气。在这呼吸不息的地方，蚊子竟无从插嘴，居然睡安稳了。饭食也不坏。但一位先生却以为这客店也包办囚人的饭食，我住在那里不相宜，

几次三番，几次三番地说。我虽然觉得客店兼办囚人的饭食和我不相干，然而好意难却，也只得别寻相宜的住处了。于是搬到别一家，离监狱也很远，可惜每天总要喝难以下咽的芋梗汤。

从此就看见许多陌生的先生，听到许多新鲜的讲义。解剖学是两个教授分任的。最初是骨学。其时进来的是一个黑瘦的先生，八字须，戴着眼镜，挟着一叠大大小小的书。一将书放在讲台上，便用了缓慢而很有顿挫的声调，向学生介绍自己道：

"我就是叫作藤野严九郎的……"

后面有几个人笑起来了。他接着便讲述解剖学在日本发达的历史，那些大大小小的书，便是从最初到现今关于这一门学问的著作。起初有几本是线装的；还有翻刻中国译本的，他们的翻译和研究新的医学，并不比中国早。

那坐在后面发笑的是上学年不及格的留级学生，在校已经一年，掌故颇为熟悉的了。他们便给新生讲演每个教授的历史。这藤野先生，据说是穿衣服太模胡了，有时竟会忘记带领结；冬天是一件旧外套，寒颤颤的，有一回上火车去，致使管车的疑心他是扒手，叫车里的客人大家小心些。

他们的话大概是真的，我就亲见他有一次上讲堂没有带领结。

过了一星期，大约是星期六，他使助手来叫我了。到得研究室，见他坐在人骨和许多单独的头骨中间，——他其时正在研究着头骨，后来有一篇论文在本校的杂志上发表出来。

"我的讲义，你能抄下来么？"他问。

"可以抄一点。"

"拿来我看！"

我交出所抄的讲义去，他收下了，第二三天便还我，并且说，此后每一星期要送给他看一回。我拿下来打开看时，很吃了一惊，同时也感到一种不安和感激。原来我的讲义已经从头到末，都用红笔添改过了，不但增加了许多脱漏的地方，连文法的错误，也都一一订正。这样一直继续到教完了他所担任的功课：骨学，血管学，神经学。

可惜我那时太不用功，有时也很任性。还记得有一回藤野先生将我叫到他的研究室里去，翻出我那讲义上的一个图来，是下臂的血管，指着，向我和蔼的说道：

"你看，你将这条血管移了一点位置了。——自然，这样一移，的确比较的好看些，然而解剖图不是美术，实物是那么样的，我们没法改换它。现在我给你改好了，以后你要全照着黑板上那样的画。"

但是我还不服气，口头答应着，心里却想着：

"图还是我画的不错；至于实在的情形，我心里自然记得的。"

学年试验完毕之后，我便到东京玩了一夏天，秋初再回学校，成绩早已发表了，同学一百余人之中，我在中间，不过是没有落第。这回藤野先生所担任的功课，是解剖实习和局部解剖学。

解剖实习了大概一星期，他又叫我去了，很高兴地，仍用了极有抑扬的声调对我说道：

"我因为听说中国人是很敬重鬼的，所以很担心，怕你不肯解剖尸体。现在总算放心了，没有这回事。"

但他也偶有使我很为难的时候。他听说中国的女人是裹脚的，但不知道详细，所以要问我怎么裹法，足骨变成怎样的畸形，还叹息道："总要看一看才知道。究竟是怎么一回事呢？"

有一天，本级的学生会干事到我寓里来了，要借我的讲义看。我检出来交给他们，却只翻检了一通，并没有带走。但他们一走，邮差就送到一封很厚的信，拆开看时，第一句是：

"你改悔罢！"

这是《新约》上的句子罢，但经托尔斯泰新近引用过的。其时正值日俄战争，托老先生便写了一封给俄国和日本的皇帝的信，开首便是这一句。日本报纸上很斥责他的不逊，爱国青年也愤然，然而暗地里却早受了他的影响了。其次的话，大略是说上年解剖学试验的题目，是藤野先生在讲义上做了记号，我预先知道的，所以能有这样的成绩。末尾是匿名。

我这才回忆到前几天的一件事。因为要开同级会，干事便在黑板上写广告，末一句是"请全数到会勿漏为要"，而且在"漏"字旁边加了一个圈。我当时虽然觉到圈得可笑，但是毫不介意，这回才悟出那字也在讥刺我了，犹言我得了教员漏泄出来的题

目。

　　我便将这事告知了藤野先生；有几个和我熟识的同学也很不平，一同去诘责干事托辞检查的无礼，并且要求他们将检查的结果，发表出来。终于这流言消灭了，干事却又竭力运动，要收回那一封匿名信去。结末是我便将这托尔斯泰式的信退还了他们。

　　中国是弱国，所以中国人当然是低能儿，分数在六十分以上，便不是自己的能力了：也无怪他们疑惑。但我接着便有参观枪毙中国人的命运了。第二年添教霉菌学，细菌的形状是全用电影来显示的，一段落已完而还没有到下课的时候，便影几片时事的片子，自然都是日本战胜俄国的情形。但偏有中国人夹在里边：给俄国人做侦探，被日本军捕获，要枪毙了，围着看的也是一群中国人；在讲堂里的还有一个我。

　　"万岁！"他们都拍掌欢呼起来。

　　这种欢呼，是每看一片都有的，但在我，这一声却特别听得刺耳。此后回到中国来，我看见那些闲看枪毙犯人的人们，他们也何尝不酒醉似的喝采，——呜呼，无法可想！但在那时那地，我的意见却变化了。

　　到第二学年的终结，我便去寻藤野先生，告诉他我将不学医学，并且离开这仙台。他的脸色仿佛有些悲哀，似乎想说话，但竟没有说。

　　"我想去学生物学，先生教给我的学问，也还有用的。"其实我并没有决意要学生物学，因为看得他有些凄然，便说了一个慰安他的谎话。

　　"为医学而教的解剖学之类，怕于生物学也没有什么大帮助。"他叹息说。

　　将走的前几天，他叫我到他家里去，交给我一张照相，后面写着两个字道："惜别"，还说希望将我的也送他。但我这时适值没有照相了；他便叮嘱我将来照了寄给他，并且时时通信告诉他此后的状况。

　　我离开仙台之后，就多年没有照过相，又因为状况也无聊，说起来无非使他失望，便连信也怕敢写了。经过的年月一多，话更无从说起，所以虽然有时想写信，却又难以下笔，这样的一直到现在，竟没有寄过一封信和一张照片。从他那一面看起来，是一去之后，杳无消息了。

但不知怎地，我总还时时记起他，在我所认为我师的之中，他是最使我感激，给我鼓励的一个。有时我常常想：他的对于我的热心的希望，不倦的教诲，小而言之，是为中国，就是希望中国有新的医学；大而言之，是为学术，就是希望新的医学传到中国去。他的性格，在我的眼里和心里是伟大的，虽然他的姓名并不为许多人所知道。

他所改正的讲义，我曾经订成三厚本，收藏着的，将作为永久的纪念。不幸七年前迁居的时候，中途毁坏了一口书箱，失去半箱书，恰巧这讲义也遗失在内了。责成运送局去找寻，寂无回信。只有他的照相至今还挂在我北京寓居的东墙上，书桌对面。每当夜间疲倦，正想偷懒时，仰面在灯光中瞥见他黑瘦的面貌，似乎正要说出抑扬顿挫的话来，便使我忽又良心发现，而且增加勇气了，于是点上一支烟，再继续写些为"正人君子"之流所深恶痛疾的文字。

一九二六年十月十二日

🎵 简析

本文是一篇回忆作家早年求学日本时期生活经历的散文。文中对藤野先生正直无私，毫无狭隘民族偏见的严谨学者风范进行了生动的描绘，此为文章的"明线"，另外则表现了走出国门，开阔了眼界的青年鲁迅胸怀救国救民之理想、思想转变，弃医从文这一过程，是为"暗线"，两线交互展开，相辅相成，使文章给人以张弛有度，娓娓道来的亲切感。

我之节烈观

"世道浇漓，人心日下，国将不国"这一类话，本是中国历来的叹声。不过时代不同，则所谓"日下"的事情，也有迁变：从前指的是甲事，现在叹的或是乙事。除了"进呈御览"的东西不敢妄说外，其余的文章议论里，一向就带这口吻。因为如此叹息，不但针砭世人，还可以从"日下"之中，除去自己。所以君子固然相对慨叹，连杀人放火嫖妓骗钱以及一切鬼混的人，也都乘作恶余暇，摇着头说道，"他们人心日下了。"

世风人心这件事，不但鼓吹坏事，可以"日下"；即使未曾鼓吹，只是旁观，只是赏玩，只是叹息，也可以叫他"日下"。所以近一年来，居然也有几个不肯徒托空言的人，叹息一番之后，还要想法子来挽救。第一个是康有为，指手画脚的说"虚君共和"才好，陈独秀便斥他不兴；其次是一班灵学派的人，不知何以起了极古奥的思想，要请"孟圣矣乎"的鬼来画策；陈百年钱玄同刘半农又道他胡说。

这几篇驳论，都是《新青年》里最可寒心的文章。时候已是二十世纪了；人类眼前，早已闪出曙光。假如《新青年》里，有一篇和别人辩地球方圆的文字，读者见了，怕一定要发怔。然而现今所辩，正和说地体不方相差无几。将时代和事实，对照起来，怎能不教人寒心而且害怕？

近来虚君共和是不提了，灵学似乎还在那里捣鬼，此时却又有一群人，不能满足；仍然摇头说道，"人心日下"了。于是又想出一种挽救的方法；他们叫作"表彰节烈"！

这类妙法，自从君政复古时代以来，上上下下，已经提倡多年；此刻不过是竖起旗帜的时候。文章议论里，也照例时常出现，都嚷道"表彰节烈"！要不说这件事，也不能将自己提拔，出于"人心日下"之中。

节烈这两个字，从前也算是男子的美德，所以有过"节士"，"烈士"的名称。然而现在的"表彰节烈"，却是专指女子，并无男子在内。据时下道德家的意见，来定界说，大约节是丈夫死了，决不再嫁，也不私奔，丈夫死得愈早，家里愈穷，他便节得愈好。烈可是有两种：一种是无论已嫁未嫁，只要丈夫死了，他也跟着自尽；一种是有强暴来污辱他的时候，设法自戕，或者抗拒被杀，都无不可。这也是死得愈惨愈苦，他便烈得愈好，倘若不及抵御，竟受了污辱，然后自戕，便免不了议论。万一幸而遇着宽厚的道德家，有时也可以略迹原情，许他一个烈字。可是文人学士，已经不甚愿意替他作传；就令勉强动笔，临了也不免加上几个"惜夫惜夫"了。

总而言之：女子死了丈夫，便守着，或者死掉；遇了强暴，便死掉；将这类人物，称赞一通，世道人心便好，中国便得救了。大意只是如此。

康有为借重皇帝的虚名，灵学家全靠着鬼话。这表彰节烈，却是全权都在人民，大有渐进自力之意了。然而我仍有几个疑问，须得提出。还要据我的意见，给他解答。我又认定这节烈救世说，是多数国民的意思；主张的人，只是喉舌。虽然是他发声，却和四支五官神经内脏，都有关系。所以我这疑问和解答，便是提出于这群多数国民之前。

首先的疑问是：不节烈（中国称不守节作"失节"，不烈却并无成语，所以只能合称他"不节烈"）的女子如何害了国家？照现在的情形，"国将不国"，自不消说：丧尽良心的事故，层出不穷；刀兵盗贼水旱饥荒，又接连而起。但此等现象，只是不讲新道德新学问的缘故，行为思想，全钞旧帐；所以种种黑暗，竟和古代的乱世仿佛，况且政界军界学界商界等等里面，全是男人，并无不节烈的女子夹杂在内。也未必是有权力的男子，因为受了他们蛊惑，这才丧了良心，放手作恶。至于水旱饥荒，便是专拜

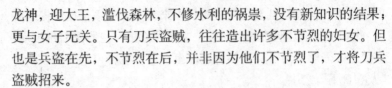

龙神，迎大王，滥伐森林，不修水利的祸祟，没有新知识的结果；更与女子无关。只有刀兵盗贼，往往造出许多不节烈的妇女。但也是兵盗在先，不节烈在后，并非因为他们不节烈了，才将刀兵盗贼招来。

其次的疑问是：何以救世的责任，全在女子？照着旧派说起来，女子是"阴类"，是主内的，是男子的附属品。然则治世救国，正须责成阳类，全仗外子，偏劳主体。决不能将一个绝大题目，都阁在阴类肩上。倘依新说，则男女平等，义务略同。纵令该担责任，也只得分担。其余的一半男子，都该各尽义务。不特须除去强暴，还应发挥他自己的美德。不能专靠惩劝女子，便算尽了天职。

其次的疑问是：表彰之后，有何效果？据节烈为本，将所有活着的女子，分类起来，大约不外三种：一种是已经守节，应该表彰的人（烈者非死不可，所以除出）；一种是不节烈的人；一种是尚未出嫁，或丈夫还在，又未遇见强暴，节烈与否未可知的人。第一种已经很好，正蒙表彰，不必说了。第二种已经不好，中国从来不许忏悔，女子做事一错，补过无及，只好任其羞杀，也不值得说了。最要紧的，只在第三种，现在一经感化，他们便都打定主意道："倘若将来丈夫死了，决不再嫁；遇着强暴，赶紧自裁！"试问如此立意，与中国男子做主的世道人心，有何关系？这个缘故，已在上文说明。更有附带的疑问是：节烈的人，既经表彰，自是品格最高。但圣贤虽人人可学，此事却有所不能。假如第三种的人，虽然立志极高，万一丈夫长寿，天下太平，他便只好饮恨吞声，做一世次等的人物。

以上是单依旧日的常识，略加研究，便已发见了许多矛盾。若略带二十世纪气息，便又有两层：

一问节烈是否道德？道德这事，必须普遍，人人应做，人人能行，又于自他两利，才有存在的价值。现在所谓节烈，不特除开男子，绝不相干；就是女子，也不能全体都遇着这名誉的机会。所以决不能认为道德，当作法式。上回《新青年》登出的《贞操论》里，已经说过理由。不过贞是丈夫还在，节是男子已死的区别，道理却可类推。只有烈的一件事，尤为奇怪，还须略加研究。

照上文的节烈分类法看来，烈的第一种，其实也只是守节，不过生死不同。因为道德家分类，根据全在死活，所以归入烈类。性质全异的，便是第二种。这类人不过一个弱者（现在的情形，女子还是弱者），突然遇着男性的暴徒，父兄丈夫力不能救，左邻右舍也不帮忙，于是他就死了；或者竟受了辱，仍然死了；或者终于没有死。久而久之，父兄丈夫邻舍，夹着文人学士以及道德家，便渐渐聚集，既不羞自己怯弱无能，也不提暴徒如何惩办，只是七口八嘴，议论他死了没有？受污没有？死了如何好，活着如何不好。于是造出了许多光荣的烈女，和许多被人口诛笔伐的不烈女。只要平心一想，便觉不像人间应有的事情，何况说是道德。

二问多妻主义的男子，有无表彰节烈的资格？替以前的道德家说话，一定是理应表彰。因为凡是男子，便有点与众不同，社会上只配有他的意思。一面又靠着阴阳内外的古典，在女子面前逞能。然而一到现在，人类的眼里，不免见到光明，晓得阴阳内外之说，荒谬绝伦；就令如此，也证不出阳比阴尊贵，外比内崇高的道理。况且社会国家，又非单是男子造成。所以只好相信真理，说是一律平等。既然平等，男女便都有一律应守的契约。男子决不能将自己不守的事，向女子特别要求。若是买卖欺骗贡献的婚姻，则要求生时的贞操，尚且毫无理由。何况多妻主义的男子，来表彰女子的节烈。

以上，疑问和解答都完了。理由如此支离，何以直到现今，居然还能存在？要对付这问题，须先看节烈这事，何以发生，何以通行，何以不生改革的缘故。

古代的社会，女子多当作男人的物品。或杀或吃，都无不可；男人死后，和他喜欢的宝贝，日用的兵器，一同殉葬，更无不可。后来殉葬的风气，渐渐改了，守节便也渐渐发生。但大抵因为寡妇是鬼妻，亡魂跟着，所以无人敢娶，并非要他不事二夫。这样风俗，现在的蛮人社会里还有。中国太古的情形，现在已无从详考。但看周末虽有殉葬，并非专用女人，嫁否也任便，并无什么裁制，便可知道脱离了这宗习俗，为日已久。由汉至唐也并没有鼓吹节烈。直到宋朝，那一班"业儒"的才说出"饿死事小失节事大"

的话，看见历史上"重适"两个字，便大惊小怪起来。出于真心，还是故意，现在却无从推测。其时也正是"人心日下，国将不国"的时候，全国士民，多不像样。或者"业儒"的人，想借女人守节的话，来鞭策男子，也不一定。但旁敲侧击，方法本嫌鬼祟，其意也太难分明，后来因此多了几个节妇，虽未可知，然而吏民将卒，却仍然无所感动。于是"开化最早，道德第一"的中国终于归了"长生天气力里大福荫护助里"的什么"薛禅皇帝，完泽笃皇帝，曲律皇帝"了。此后皇帝换过了几家，守节思想倒反发达。皇帝要臣子尽忠，男人便愈要女人守节。到了清朝，儒者真是愈加利害。看见唐人文章里有公主改嫁的话，也不免勃然大怒道，"这是什么事！你竟不为尊者讳，这还了得！"假使这唐人还活着，一定要斥革功名，"以正人心而端风俗"了。

国民将到被征服的地位，守节盛了；烈女也从此着重。因为女子既是男子所有，自己死了，不该嫁人，自己活着，自然更不许被夺。然而自己是被征服的国民，没有力量保护，没有勇气反抗了，只好别出心裁，鼓吹女人自杀。或者妻女极多的阔人，婢妾成行的富翁，乱离时候，照顾不到，一遇"逆兵"（或是"天兵"），就无法可想。只得救了自己，请别人都做烈女；变成烈女，"逆兵"便不要了。他便待事定以后，慢慢回来，称赞几句。好在男子再娶，又是天经地义，别讨女人，便都完事。因此世上遂有了"双烈合传"，"七姬墓志"，甚而至于钱谦益的集中，也布满了"赵节妇""钱烈女"的传记和歌颂。

只有自己不顾别人的民情，又是女应守节男子却可多妻的社会，造出如此畸形道德，而且日见精密苛酷，本也毫不足怪。但主张的是男子，上当的是女子。女子本身，何以毫无异言呢？原来"妇者服也"，理应服事于人。教育固可不必，连开口也都犯法。他的精神，也同他体质一样，成了畸形。所以对于这畸形道德，实在无甚意见。就令有了异议，也没有发表的机会。做几首"闺中望月""园里看花"的诗，尚且怕男子骂他怀春，何况竟敢破坏这"天地间的正气"？只有说部书上，记载过几个女人，因为境遇上不愿守节，据做书的人说：可是他再嫁以后，便被前夫的鬼捉去，落了地狱；或者世人个个唾骂，做了乞丐，

也竟求乞无门，终于惨苦不堪而死了！

如此情形，女子便非"服也"不可。然而男子一面，何以也不主张真理，只是一味敷衍呢？汉朝以后，言论的机关，都被"业儒"的垄断了。宋元以来，尤其利害。我们几乎看不见一部非业儒的书，听不到一句非士人的话。除了和尚道士，奉旨可以说话的以外，其余"异端"的声音，决不能出他卧房一步。况且世人大抵受了"儒者柔也"的影响；不述而作，最为犯忌。即使有人见到，也不肯用性命来换真理。即如失节一事，岂不知道必须男女两性，才能实现。他却专责女性；至于破人节操的男子，以及造成不烈的暴徒，便都含糊过去。男子究竟较女性难惹，惩罚也比表彰为难。其间虽然有过几个男人，实觉于心不安，说些室女不应守志殉死的平和话，可是社会不听；再说下去，便要不容，与失节的女人一样看待。他便也只好变了"柔也"，不再开口了。所以节烈这事，到现在不生变革。

（此时，我应声明：现在鼓吹节烈派的里面，我颇有知道的人。敢说确有好人在内，居心也好。可是救世的方法是不对，要向西走了北了。但也不能因为他是好人，便竟能从正西直走到北。所以我又愿他回转身来。）

其次还有疑问：

节烈难么？答道，很难。男子都知道极难，所以要表彰他。社会的公意，向来以为贞淫与否，全在女性。男子虽然诱惑了女人，却不负责任。譬如甲男引诱乙女，乙女不允，便是贞节，死了，便是烈；甲男并无恶名，社会可算淳古。倘若乙女允了，便是失节；甲男也无恶名，可是世风被乙女败坏了！别的事情，也是如此。所以历史上亡国败家的原因，每每归咎女子。糊糊涂涂的代担全体的罪恶，已经三千多年了。男子既然不负责任，又不能自己反省，自然放心诱惑；文人著作，反将他传为美谈。所以女子身旁，几乎布满了危险。除却他自己的父兄丈夫以外，便都带点诱惑的鬼气。所以我说很难。

节烈苦么？答道，很苦。男子都知道很苦，所以要表彰他。凡人都想活；烈是必死，不必说了。节妇还要活着。精神上的惨苦，也姑且弗论。单是生活一层，已是大宗的痛楚。假使女子生计已能独立，社会也知道互助，一人还可勉强生存。不幸中国情形，却正相反。所以有钱尚可，贫人便只能饿死。直到饿死以后，间或得了旌表，还要写入志书。所以各府各县志书传记类的末尾，也总有几卷"烈女"。一行一人，或是一行两人，赵钱孙李，可是从来无人翻读。就是一生崇拜节烈的道德大家，若问他贵县志书里烈女门的前十名是谁？也怕不能说出。其实他是生前死后，竟与社会漠不相关的。所以我说很苦。

照这样说，不节烈便不苦么？答道，也很苦。社会公意，不节烈的女人，既然是下品；他在这社会里，是容不住的。社会上多数古人模模糊糊传下来的道理，实在无理可讲；能用历史和数目的力量，挤死不合意的人。这一类无主名无意识的杀人团里，古来不晓得死了多少人物；节烈的女子，也就死在这里。不过他死后间有一回表彰，写入志书。不节烈的人，便生前也要受随便什么人的唾骂，无主名的虐待。所以我说也很苦。

女子自己愿意节烈么？答道，不愿。人类总有一种理想，一种希望。虽然高下不同，必须有个意义。自他两利固好，至少也得有益本身。节烈很难很苦，既不利人，又不利己。说是本人愿意，实在不合人情。所以假如遇着少年女人，诚心祝赞他将来节烈，一定发怒，或者还要受他父兄丈夫的尊拳。然而仍旧牢不可破，便是被这历史和数目的力量挤着。可是无论何人，都怕这节烈。怕他竟钉到自己和亲骨肉的身上。所以我说不愿。

我依据以上的事实和理由，要断定节烈这事是：极难，极苦，不愿身受，然而不利自他，无益社会国家，于人生将来又毫无意义的行为，现在已经失了存在的生命和价值。

临了还有一层疑问：

节烈这事，现代既然失了存在的生命和价值；节烈的女人，岂非白苦一番么？可以答他说：还有哀悼的价值。他们是可怜人；不幸上了历史和数目的无意识的圈套，做了无主名的牺牲。可以开一个追悼大会。

我们追悼了过去的人，还要发愿：要自己和别人，都纯洁聪明勇猛向上。要除去虚伪的脸谱。要除去世上害己害人的昏迷和强暴。

我们追悼了过去的人，还要发愿：要除去于人生毫无意义的苦痛。要除去制造并赏玩别人苦痛的昏迷和强暴。

我们还要发愿：要人类都受正当的幸福。

一九一八年七月

简 析

本文选自杂文集《坟》。鲁迅先生对几千年来封建礼教中戕害妇女最为严重的"节烈"二字展开全面批判，揭露了男权社会的自私虚伪与冷酷，对于被压迫的女性寄予深切的同情。他在文中显示了非同寻常的思辨与批判力，对传统节烈观的里里外外，从社会背景到历史根源，从人情到事理，不厌其烦地一一加以批驳。将"节烈"真实的丑恶本质剖析得淋漓尽致。鲁迅先生的杂文被誉为"匕首"、"投枪"，从本文中封建社会节烈观的穷追不舍、锐不可挡的批判锋芒即可见一斑。

再论雷峰塔的倒掉

　　从崇轩先生的通信（二月份《京报副刊》）里，知道他在轮船上听到两个旅客谈话，说是杭州雷峰塔之所以倒掉，是因为乡下人迷信那塔砖放在自己的家中，凡事都必平安，如意，逢凶化吉，于是这个也挖，那个也挖，挖之久久，便倒了。一个旅客并且再三叹息道：西湖十景这可缺了呵！

　　这消息，可又使我有点畅快了，虽然明知道幸灾乐祸，不像一个绅士，但本来不是绅士的，也没有法子来装潢。

　　我们中国的许多人，——我在此特别郑重声明：并不包括四万万同胞全部！——大抵患有一种"十景病"，至少是"八景病"，沉重起来的时候大概在清朝。凡看一部县志，这一县往往有十景或八景，如"远村明月""萧寺清钟""古池好水"之类。而且，"十"字形的病菌，似乎已经侵入血管，流布全身，其势力早不在"！"形惊叹亡国病菌之下了。点心有十样锦，菜有十碗，音乐有十番，阎罗有十殿，药有十全大补，猜拳有全福手福手全，连人的劣迹或罪状，宣布起来也大抵是十条，仿佛犯了九条的时候总不肯歇手。现在西湖十景可缺了呵！"凡为天下国家有九经"，九经固古已有之，而九景却颇不习见，所以正是对于十景病的一个针砭，至少也可以使患者感到一种不平常，知道自己的可爱的老病，忽而跑掉了十分之一了。

　　但仍有悲哀在里面。

　　其实，这一种势所必至的破坏，也还是徒然的。畅快不过是无聊的自欺。雅人和信士和传统大家，定要苦心孤诣巧语花言地再来补足了十景而后已。

　　无破坏即无新建设，大致是的；但有破坏却未必即有新建设。卢梭，斯谛纳尔，尼采，托尔斯泰，伊孛生等辈，若用勃兰兑斯的话来说，乃是"轨道破坏者"。其实他们不单是破坏，而且是扫除，是大呼猛进，将碍脚的旧轨道不论整条或碎片，一扫而空，并非想挖一块废铁古砖挟回家去，预备卖给旧货店。中国很少这一类人，即使有之，也会被大众的唾沫淹死。孔丘先生确是伟大，生在巫鬼势力如此旺盛的时代，偏不肯随俗谈鬼神；但可惜太聪明了，"祭如在祭神如神在"，只用他修《春秋》的照例手段以两个"如"字略寓"俏皮刻薄"之意，使人一时莫名其妙，看不出他肚皮里的反对来。他肯对子路赌咒，却不肯对鬼神宣战，因为一宣战就不和平，易犯骂人——虽然不过骂鬼——之罪，即不免有《衡论》（见一月份《晨报副镌》）作家TY先生似的好人，会替鬼神来奚落他道：为名乎？骂人不能得名。为利乎？骂人不能得利。想引诱女人乎？又不能将蚩尤的脸子印在文章上。何乐而为之欤？

　　孔丘先生是深通世故的老先生，大约除脸子付印问题以外，还有深心，犯不上来做明目张胆的破坏者，所以只是不谈，而决不骂，于是乎俨然成为中国的圣人，道大，无所不包故也。否则，现在供在圣庙里的，也许不姓孔。

　　不过在戏台上罢了，悲剧将人生的有价值的东西毁灭给人看，喜剧将那无价值的撕破给人看。讥讽又不过是喜剧的变简的一支流。但悲壮滑稽，却都是十景病的仇敌，因为都有破坏性，虽然所破坏的方面各不同。中国如十景病尚存，则不但卢梭他们似的疯子决不产生，并且也决不产生一个悲剧作家或喜剧作家或讽刺诗人。所有的，只是喜剧底人物或非喜剧非悲剧底人物，在互相模造的十景中生存，一面各各带了十景病。

　　然而十全停滞的生活，世界上是很不多见的事，于是破坏者到了，但并非自己的先觉的破坏者，却是狂暴的强盗，或外来的蛮夷。獯狁早到过中原，五胡来过了，蒙古也来过了；同胞张献忠杀人如草，而满洲兵的一箭，就钻进树丛中死掉了。有人论中国说，倘使没有带着新鲜的血液的野蛮的侵入，真不

知自身会腐败到如何！这当然是极刻毒的恶谑，但我们一翻历史，怕不免要有汗流浃背的时候罢。外寇来了，暂一震动，终于请他作主子，在他的刀斧下修补老例；内寇来了，也暂一震动，终于请他做主子，或者别拜一个主子，在自己的瓦砾中修补老例。再来翻县志，就看见每一次兵燹之后，所添上的是许多烈妇烈女的氏名。看近来的兵祸，怕又要大举表扬节烈了罢。许多男人们都那里去了？

凡这一种寇盗式的破坏，结果只能留下一片瓦砾，与建设无关。

但当太平时候，就是正在修补老例，并无寇盗时候，即国中暂时没有破坏么？也不然的，其时有奴才式的破坏作用常川活动着。

雷峰塔砖的挖去，不过是极近的一条小小的例。龙门的石佛，大半肢体不全，图书馆中的书籍，插图须谨防撕去，凡公物或无主的东西，倘难于移动，能够完全的即很不多。但其毁坏的原因，则非如革除者的志在扫除，也非如寇盗的志在掠夺或单是破坏，仅因目前极小的自利，也肯对于完整的大物暗暗的加一个创伤。人数既多，创伤自然极大，而倒败之后，却难于知道加害的究竟是谁。正如雷峰塔倒掉以后，我们单知道由于乡下人的迷信。共有的塔失去了，乡下人的所得，却不过一块砖，这砖，将来又将为别一自利者所藏，终究至于灭尽。倘在民康物阜时候，因为十景病的发作，新的雷峰塔也会再造的罢。但将来的运命，不也就可以推想而知么？如果乡下人还是这样的乡下人，老例还是这样的老例。

这一种奴才式的破坏，结果也只能留下一片瓦砾，与建设无关。

岂但乡下人之于雷峰塔，日日偷挖中华民国的柱石的奴才们，现在正不知有多少！

瓦砾场上还不足悲，在瓦砾场上修补老例是可悲的。我们要革新的破坏者，因为他内心有理想的光。我们应该知道他和寇盗奴才的分别；应该留心自己堕入后两种。这区别并不烦难，只要观人，省己，凡言动中，思想中，含有借此据为己有的朕兆者是寇盗，含有借此占些目前的小便宜的朕兆者是奴才，无论在前面打着的是怎样鲜明好看的旗子。

一九二五年二月六日

简析

　　鲁迅先生在报纸上看到雷峰塔倒掉的消息，通过广泛联想与深刻思索，引出对国民性弱点的批判，而他所批判的所谓"十景病"、"奴才式破坏"等现象，即使在我们今天的生活中也屡见不鲜。那种"于瓦砾中修补老例"的做法更是鲁迅先生所深恶痛绝的，也是本文批判的重点所在。中国需要的是"革新的破坏者"，将中国因循守旧的"老例"彻底清除，带领国人走向新的光明之路。鲁迅从一件事引发不同角度的议论，而且都精彩透彻，值得学习写作的人揣摩借鉴。

春末闲谈

    北京正是春末，也许我过于性急之故罢，觉着夏意了，于是突然记起故乡的细腰蜂。那时候大约是盛夏，青蝇密集在凉棚索子上，铁黑色的细腰蜂就在桑树间或墙角的蛛网左近往来飞行，有时衔一支小青虫去了，有时拉一个蜘蛛。青虫或蜘蛛先是抵抗着不肯去，但终于乏力，被衔着腾空而去了，坐了飞机似的。

    老前辈们开导我，那细腰蜂就是书上所说的果蠃，纯雌无雄，必须捉螟蛉去做继子的。她将小青虫封在窠里，自己在外面日日夜夜敲打着，祝道"像我像我"，经过若干日，——我记不清了，大约七七四十九日罢，——那青虫也就成了细腰蜂了，所以《诗经》里说："螟蛉有子，果蠃负之。"螟蛉就是桑上小青虫。蜘蛛呢？他们没有提。我记得有几个考据家曾经立过异说，以为她其实自能生卵；其捉青虫，乃是填在窠里，给孵化出来的幼蜂做食料的。但我所遇见的前辈们都不采用此说，还道是拉去做女儿。我们为存留天地间的美谈起见，倒不如这样好。当长夏无事，遭暑林阴，瞥见二虫一拉一拒的时候，便如睹慈母教女，满怀好意，而青虫的宛转抗拒，则活像一个不识好歹的毛鸦头。

    但究竟是夷人可恶，偏要讲什么科学。科学虽然给我们许多惊奇，但也搅坏了我们许多好梦。自从法国的昆虫学大家发勃耳（Fabre）仔细观察之后，给幼蜂做食料的事可就证实了。而且，这细腰蜂不但是普通的凶手，还是一种很残忍的凶手，又是一个学识技术都极高明的解剖学家。她知道青虫的神经构造和作用，用了神奇的毒针，向那运动神经球上只一螫，它便麻痹为不死不活状态，这才在它身上生下蜂卵，封入窠中。青虫因为不死不活，所以不动，但也因为不活不死，所以不烂，直到她的子女孵化出来的时候，这食料还和被捕当日一样的新鲜。

三年前，我遇见神经过敏的俄国的E君，有一天他忽然发愁道，不知道将来的科学家，是否不至于发明一种奇妙的药品，将这注射在谁的身上，则这人即甘心永远去做服役和战争的机器了？那时我也就颦眉叹息，装作一齐发愁的模样，以示"所见略同"之至意，殊不知我国的圣君，贤臣，圣贤，圣贤之徒，却早已有过这一种黄金世界的理想了。不是"唯辟作福，唯辟作威，唯辟玉食"么？不是"君子劳心，小人劳力"么？不是"治于人者食（去声）人，治人者食于人"么？可惜理论虽已卓然，而终于没有发明十全的好方法。要服从作威就须不活，要贡献玉食就须不死；要被治就须不活，要供养治人者又须不死。人类升为万物之灵，自然是可贺的，但没有了细腰蜂的毒针，却很使圣君，贤臣，圣贤，圣贤之徒，以至现在的阔人，学者，教育家觉得棘手。将来未可知，若已往，则治人者虽然尽力施行过各种麻痹术，也还不能十分奏效，与果蠃并驱争先。即以皇帝一伦而言，便难免时常改姓易代，终没有"万年有道之长"；"二十四史"而多至二十四，就是可悲的铁证。现在又似乎有些别开生面了，世上挺生了一种所谓"特殊知识阶级"的留学生，在研究室中研究之结果，说医学不发达是有益于人种改良的，中国妇女的境遇是极其平等的，一切道理都已不错，一切状态都已够好。E君的发愁，或者也不为无因罢，然而俄国是不要紧的，因为他们不像我们中国，有所谓"特别国情"，还有所谓"特殊知识阶级"。

但这种工作，也怕终于像古人那样，不能十分奏效的罢，因为这实在比细腰蜂所做的要难得多。她于青虫，只须不动，所以仅在运动神经球上一螫，即告成功。而我们的工作，却求其能运动，无知觉，该在知觉神经中枢，加以完全的麻醉的。但知觉一失，运动也就随之失却主宰，不能贡献玉食，恭请上

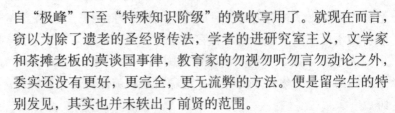

自"极峰"下至"特殊知识阶级"的赏收享用了。就现在而言，窃以为除了遗老的圣经贤传法，学者的进研究室主义，文学家和茶摊老板的莫谈国事律，教育家的勿视勿听勿言勿动论之外，委实还没有更好，更完，更无流弊的方法。便是留学生的特别发见，其实也并未轶出了前贤的范围。

那么，又要"礼失而求诸野"了。夷人，现在因为想去取法，姑且称之为外国，他那里，可有较好的法子么？可惜，也没有。所有者，仍不外乎不准集会，不许开口之类，和我们中华并没有什么很不同。然亦可见至道嘉猷，人同此心，心同此理，固无华夷之限也。猛兽是单独的，牛羊则结队；野牛的大队，就会排角成城以御强敌了，但拉开一匹，定只能牟牟地叫。人民与牛马同流，——此就中国而言，夷人别有分类法云，——治之之道，自然应该禁止集合：这方法是对的。其次要防说话。人能说话，已经是祸胎了，而况有时还要做文章。所以苍颉造字，夜有鬼哭。鬼且反对，而况于官？猴子不会说话，猴界即向无风潮，——可是猴界中也没有官，但这又作别论，——确应该虚心取法，反朴归真，则口且不开，文章自灭：这方法也是对的。然而上文也不过就理论而言，至于实效，却依然是难说。最显著的例，是连那么专制的俄国，而尼古拉二世"龙御上宾"之后，罗马诺夫氏竟已"覆宗绝祀"了。要而言之，那大缺点就在虽有二大良法，而还缺其一，便是：无法禁止人们的思想。

于是我们的造物主——假如天空真有这样的一位"主子"——就可恨了：一恨其没有永远分清"治者"与"被治者"；二恨其不给治者生一枝细腰蜂那样的毒针；三恨其不将被治者造得即使砍去了藏着的思想中枢的脑袋而还能动作——服役。三者得一，阔人的地位即永久稳固，统御也永久省了气力，而天下于是乎太平。今也不然，所以即使单想高高在上，暂时维持阔气，也还得日施手段，夜费心机，实在不胜其委屈劳神之至……

假使没有了头颅，却还能做服役和战争的机械，世上的情形就何等地醒目呵！这时再不必用什么制帽勋章来表明阔人和窄人了，只要一看头之有无，便知道主奴，官民，上下，贵贱的区别。并且也不至于再闹什么革命,共和,会议等等的乱子了,单是电报,就要省下许多许多来。古人毕竟聪明,仿佛早想到过这样的东西,《山海经》上就记载着一种名叫"刑天"的怪物。他没有了能想的头,却还活着,"以乳为目,以脐为口",——这一点想得很周到,否则他怎么看,怎么吃呢,——实在是很值得奉为师法的。假使我们的国民都能这样,阔人又何等安全快乐?但他又"执干戚而舞",则似乎还是死也不肯安分,和我那专为阔人图便利而设的理想底好国民又不同。陶潜先生又有诗道:"刑天舞干戚,猛志固常在。"连这位貌似旷达的老隐士也这么说,可见无头也会仍有猛志,阔人的天下一时总怕难得太平的了。但有了太多的"特殊知识阶级"的国民,也许有特在例外的希望;况且精神文明太高了之后,精神的头就会提前飞去,区区物质的头的有无也算不得什么难问题。

一九二五年四月二十二日

简 析

《春末闲谈》的反封建主题是一目了然的。旧时常称被领养的孩子作"螟蛉子",鲁迅先生从这一典故入手,用科学的解释否定了原本的愚昧臆测,又由细腰蜂以青虫饲子这一自然现象联想到统治阶级压榨吸食百姓血汗的丑恶实质,无情地揭露了"劳心者治人,劳力者治于人"的荒谬与残暴。鲁迅从大自然的昆虫世界转入人类社会复杂的历史精神层面,连接自然,化枯燥为生动,使文章犀利深刻又趣味盎然。

灯下漫笔

一

有一时，就是民国二三年时候，北京的几个国家银行的钞票，信用日见其好了，真所谓蒸蒸日上。听说连一向执迷于现银的乡下人，也知道这既便当，又可靠，很乐意收受，行使了。至于稍明事理的人，则不必是"特殊知识阶级"，也早不将沉重累坠的银元装在怀中，来自讨无谓的苦吃。想来，除了多少对于银子有特别嗜好和爱情的人物之外，所有的怕大都是钞票了罢，而且多是本国的。但可惜后来忽然受了一个不小的打击。

就是袁世凯想做皇帝的那一年，蔡松坡先生溜出北京，到云南去起义。这边所受的影响之一，是中国和交通银行的停止兑现。虽然停止兑现，政府勒令商民照旧行用的威力却还有的；商民也自有商民的老本领，不说不要，却道找不出零钱。假如拿几十几百的钞票去买东西，我不知道怎样，但倘使只要买一枝笔，一盒烟卷呢，难道就付给一元钞票么？不但不甘心，也没有这许多票。那么，换铜元，少换几个罢，又都说没有铜元。那么，到亲戚朋友那里借现钱去罢，怎么会有？于是降格以求，不讲爱国了，要外国银行的钞票。但外国银行的钞票这时就等于现银，他如果借给你这钞票，也就借给你真的银元了。

我还记得那时我怀中还有三四十元的中交票，可是忽而变了一个穷人，几乎要绝食，很有些恐慌。俄国革命以后的藏着纸卢布的富翁的心情，恐怕也就这样的罢；至多，不过更深更大罢了。我只得探听，钞票可能折价换到现银呢？说是没有行市。幸而终于，暗暗地有了行市了：六折几。我非常高兴，赶紧去卖了一半。后来又涨到七折了，我更非常高兴，全去换了现银，沉甸甸地坠在怀中，似乎这就是我的性命的斤两。倘在平时，钱铺子如果少给我一个铜元，我是决不答应的。

但我当一包现银塞在怀中，沉垫垫地觉得安心，喜欢的时候，却突然起了另一思想，就是：我们极容易变成奴隶，而且变了之后，还万分喜欢。

假如有一种暴力，"将人不当人"，不但不当人，还不及牛马，不算什么东西；待到人们羡慕牛马，发生"乱离人，不及太平犬"的叹息的时候，然后给与他略等于牛马的价格，有如元朝定律，打死别人的奴隶，赔一头牛，则人们便要心悦诚服，恭颂太平的盛世。为什么呢？因为他虽不算人，究竟已等于牛马了。

我们不必恭读《钦定二十四史》，或者入研究室，审察精神文明的高超。只要一翻孩子所读的《鉴略》，——还嫌烦重，则看《历代纪元编》，就知道"三千余年古国古"的中华，历来所闹的就不过是这一个小玩艺。但在新近编纂的所谓"历史教科书"一流东西里，却不大看得明白了，只仿佛说：咱们向来就很好的。

但实际上，中国人向来就没有争到过"人"的价格，至多不过是奴隶，到现在还如此，然而下于奴隶的时候，却是数见不鲜的。中国的百姓是中立的，战时连自己也不知道属于那一面，但又属于无论那一面。强盗来了，就属于官，当然该被杀掠，官兵既到，该是自家人了罢，但仍然要被杀掠，仿佛又属于强盗似的。这时候，百姓就希望有一个一定的主子，拿他们去做百姓，——不敢，是拿他们去做牛马，情愿自己寻草吃，只求他决定他们怎样跑。

假使真有谁能够替他们决定，定下什么奴隶规则来，自然就"皇恩浩荡"了。可惜的是往往暂时没有谁能定。举其大者，则如五胡十六国的时候，黄巢的时候，五代时候，宋末元末时候，除了老例的服役纳粮以外，都还要受意外的灾殃。张献忠的脾气更古怪了，不服役纳粮的要杀，服役纳粮的也要杀，敌他的要杀，降他的也要杀：将奴隶规则毁得粉碎。这时候，百姓就

希望来一个另外的主子，较为顾及他们的奴隶规则的，无论仍旧，或者新颁，总之是有一种规则，使他们可上奴隶的轨道。

"时日曷丧，予及汝偕亡！"愤言而已，决心实行的不多见。实际上大概是群盗如麻，纷乱至极之后，就有一个较强，或较聪明，或较狡猾，或是外族的人物出来，较有秩序地收拾了天下。厘定规则：怎样服役，怎样纳粮，怎样磕头，怎样颂圣。而且这规则是不像现在那样朝三暮四的。于是便"万姓胪欢"了；用成语来说，就叫作"天下太平"。

任凭你爱排场的学者们怎样铺张，修史时候设些什么"汉族发祥时代""汉族发达时代""汉族中兴时代"的好题目，好意诚然是可感的，但措辞太绕弯子了。有更其直捷了当的说法在这里——

一，想做奴隶而不得的时代；

二，暂时做稳了奴隶的时代。

这一种循环，也就是"先儒"之所谓"一治一乱"；那些作乱人物，从后日的"臣民"看来，是给"主子"清道辟路的，所以说："为圣天子驱除云尔。"

现在入了那一时代，我也不了然。但看国学家的崇奉国粹，文学家的赞叹固有文明，道学家的热心复古，可见于现状都已不满了。然而我们究竟正向着那一条路走呢？百姓是一遇到莫名其妙的战争，稍富的迁进租界，妇孺则避入教堂里去了，因为那些地方都比较的"稳"，暂不至于想做奴隶而不得。总而言之，复古的，避难的，无智愚贤不肖，似乎都已神往于三百年前的太平盛世，就是"暂时做稳了奴隶的时代"了。

但我们也就都像古人一样，永久满足于"古已有之"的时代么？都像复古家一样，不满于现在，就神往于三百年前的太平盛世么？

自然，也不满于现在的，但是，无须反顾，因为前面还有道路在。而创造这中国历史上未曾有过的第三样时代，则是现在的青年的使命！

二

但是赞颂中国固有文明的人们多起来了，加之以外国人。我常常想，凡有来到中国的，倘能疾首蹙额而憎恶中国，我敢诚意地捧献我的感谢，因为他一定是不愿意吃中国人的肉的！

鹤见　辅氏在《北京的魅力》中，记一个白人将到中国，预定的暂住时候是一年，但五年之后，还在北京，而且不想回去了。有一天，他们两人一同吃晚饭——

"在圆的桃花心木的食桌前坐定，川流不息地献着山海的珍味，谈话就从古董，画，政治这些开头。电灯上罩着支那式的灯罩，淡淡的光洋溢于古物罗列的屋子中。什么无产阶级呀，proletariat呀那些事，就像不过在什么地方刮风。

"我一面陶醉在支那生活的空气中，一面深思着对于外人有着'魅力'的这东西。元人也曾征服支那，而被征服于汉人种的生活美了；满人也征服支那，而被征服于汉人种的生活美了。现在西洋人也一样，嘴里虽然说着Democracy呀，什么什么呀，而却被魅于支那人费六千年而建筑起来的生活的美。一经住过北京，就忘不掉那生活的味道。大风时候的万丈的沙尘，每三月一回的督军们的开战游戏，都不能抹去这支那生活的魅力。"

这些话我现在还无力否认他。我们的古圣先贤既给与我们保古守旧的格言，但同时也排好了用子女玉帛所做的奉献于征服者的大宴。中国人的耐劳，中国人的多子，都就是办酒的材料，到现在还为我们的爱国者所自诩的。西洋人初入中国时，被称为蛮夷，自不免个个蹙额，但是，现在则时机已至，到了我们将曾经献于北魏，献于金，献于元，献于清的盛宴，来献给他们的时候了。出则汽车，行则保护；虽遇清道，然而通行自由的；虽或被劫，然而必得赔偿的；孙美瑶掳去他们站在军前，还使官兵不敢开火。何况在华屋中享用盛宴呢？待到享受盛宴的时候，自然也就是赞颂中国固有文明的时候；但是我们的有些乐观的爱国者，也许反而欣然色喜，以为他们将要开始被中国同化了罢。古人曾以女人作苟安的城堡，美其名以自欺曰"和亲"，今人还用子女玉帛为作奴的赞敬，又美其名曰"同化"。所以倘

有外国的谁，到了已有赴宴的资格的现在，而还替我们诅咒中国的现状者，这才是真有良心的真可佩服的人！

但我们自己是早已布置妥帖了，有贵贱，有大小，有上下。自己被人凌虐，但也可以凌虐别人；自己被人吃，但也可以吃别人。一级一级的制驭着，不能动弹，也不想动弹了。因为倘一动弹，虽或有利，然而也有弊。我们且看古人的良法美意罢——

"天有十日，人有十等。下所以事上，上所以共神也。故王臣公，公臣大夫，大夫臣士，士臣皂，皂臣舆，舆臣隶，隶臣僚，僚臣仆，仆臣台。"（《左传》昭公七年）

但是"台"没有臣，不是太苦了么？无须担心的，有比他更卑的妻，更弱的子在。而且其子也很有希望，他日长大，升而为"台"，便又有更卑更弱的妻子，供他驱使了。如此连环，各得其所，有敢非议者，其罪名曰不安分！

虽然那是古事，昭公七年离现在也太辽远了，但"复古家"尽可不必悲观的。太平的景象还在：常有兵燹，常有水旱，可有谁听到大叫唤么？打的打，革的革，可有处士来横议么？对国民如何专横，向外人如何柔媚，不犹是差等的遗风么？中国固有的精神文明，其实并未为共和二字所埋没，只有满人已经退席，和先前稍不同。

因此我们在目前，还可以亲见各式各样的筵宴，有烧烤，有翅席，有便饭，有西餐。但茅檐下也有淡饭，路傍也有残羹，野上也有饿莩；有吃烧烤的身价不资的阔人，也有饿得垂死的每斤八文的孩子（见《现代评论》二十一期）。所谓中国的文明者，其实不过是安排给阔人享用的人肉的筵宴。所谓中国者，其实不过是安排这人肉的筵宴的厨房。不知道而赞颂者是可恕的，否则，此辈当得永远的诅咒！

外国人中，不知道而赞颂者，是可恕的；占了高位，养尊处优，因此受了蛊惑，昧却灵性而赞叹者，也还可恕的。可是还有两种，其一是以中国人为劣种，只配悉照原来模样，因而故意称赞中国的旧物。其一是愿世间人各不相同以增自己旅行的兴趣，到中国看辫子，到日本看木屐，到高丽看笠子，倘若服饰一样，便索然无味了，因而来反对亚洲的欧化。这些都可憎恶。至于

罗素在西湖见轿夫含笑，便赞美中国人，则也许别有意思罢。但是，轿夫如果能对坐轿的人不含笑，中国也早不是现在似的中国了。

这文明，不但使外国人陶醉，也早使中国一切人们无不陶醉而且至于含笑。因为古代传来而至今还在的许多差别，使人们各各分离，遂不能再感到别人的痛苦；并且因为自己各有奴使别人，吃掉别人的希望，便也就忘却自己同有被奴使被吃掉的将来。于是大小无数的人肉的筵宴，即从有文明以来一直排到现在，人们就在这会场中吃人，被吃，以凶人的愚妄的欢呼，将悲惨的弱者的呼号遮掩，更不消说女人和小儿。

这人肉的筵宴现在还排着，有许多人还想一直排下去。扫荡这些食人者，掀掉这筵席，毁坏这厨房，则是现在的青年的使命！

一九二五年四月二十九日

🔉 简 析

本文分为两部分，第一部分指出中国的整个封建社会时代就是将广大人民当作奴隶的历史，第二部分则揭露了那些以鉴赏中国落后愚昧为乐列强的丑恶心态，并给那些尚因此沾沾自喜的人们以当头棒喝，尖锐地指出：中国古已有之的"天有十日，人有十等"的封建等级制度是何等森严顽固，那些享乐不过是阔人们的专利，列强实际是与封建统治者一道，享用千万劳动人民血汗凝结而成的"人肉的筵席"罢了。故而鲁迅疾呼"扫荡这些食人者，掀掉这筵席"、创造"第三样时代"，是"青年的使命"！

论睁了眼看

  虚生先生所做的时事短评中，曾有一个这样的题目：《我们应该有正眼看各方面的勇气》(《猛进》十九期)。诚然，必须敢于正视，这才可望敢想，敢说，敢作，敢当。倘使并正视而不敢，此外还能成什么气候。然而，不幸这一种勇气，是我们中国人最所缺乏的。

  但现在我所想到的是别一方面——

  中国的文人，对于人生，——至少是对于社会现象，向来就多没有正视的勇气。我们的圣贤，本来早已教人"非礼勿视"的了；而这"礼"又非常之严，不但"正视"，连"平视""斜视"也不许。现在青年的精神未可知，在体质，却大半还是弯腰曲背，低眉顺眼，表示着老牌的老成的子弟，驯良的百姓，——至于说对外却有大力量，乃是近一月来的新说，还不知道究竟是如何。

  再回到"正视"问题去：先既不敢，后便不能，再后，就自然不视，不见了。一辆汽车坏了，停在马路上，一群人围着呆看，所得的结果是一团乌油油的东西。然而由本身的矛盾或社会的缺陷所生的苦痛，虽不正视，却要身受的。文人究竟是敏感人物，从他们的作品上看来，有些人确也早已感到不满，可是一到快要显露缺陷的危机一发之际，他们总即刻连说"并无其事"，同时便闭上了眼睛。这闭着的眼睛便看见一切圆满，当前的苦痛不过是"天之将降大任于是人也，必先苦其心志，劳其筋骨，饿其体肤，空乏其身，行拂乱其所为。"于是无问题，无缺陷，无不平，也就无解决，无改革，无反抗。因为凡事总要"团圆",正无须我们焦躁；放心喝茶，睡觉大吉。再说费话，就有"不合时宜"之咎，免不了要受大学教授的纠正了。呸！

我并未实验过，但有时候想：倘将一位久蛰洞房的老太爷抛在夏天正午的烈日底下，或将不出闺门的千金小姐拖到旷野的黑夜里，大概只好闭了眼睛，暂续他们残存的旧梦，总算并没有遇到暗或光，虽然已经是绝不相同的现实。中国的文人也一样，万事闭眼睛，聊以自欺，而且欺人，那方法是：瞒和骗。

中国婚姻方法的缺陷，才子佳人小说作家早就感到了，他于是使一个才子在壁上题诗，一个佳人便来和，由倾慕——现在就得称恋爱——而至于有"终身之约"。但约定之后，也就有了难关。我们都知道，"私订终身"在诗和戏曲或小说上尚不失为美谈（自然只以与终于中状元的男人私订为限），实际却不容于天下的，仍然免不了要离异。明末的作家便闭上眼睛，并这一层也加以补救了，说是：才子及第，奉旨成婚。"父母之命媒妁之言"经这大帽子来一压，便成了半个铅钱也不值，问题也一点没有了。假使有之，也只在才子的能否中状元，而决不在婚姻制度的良否。

（近来有人以为新诗人的做诗发表，是在出风头，引异性；且迁怒于报章杂志之滥登。殊不知即使无报，墙壁实"古已有之"，早做过发表机关了；据《封神演义》，纣王已曾在女娲庙壁上题诗，那起源实在非常之早。报章可以不取白话，或排斥小诗，墙壁却拆不完，管不及的；倘一律刷成黑色，也还有破磁可划，粉笔可书，真是穷于应付。做诗不刻木板，去藏之名山，却要随时发表，虽然很有流弊，但大概是难以杜绝的罢。）

《红楼梦》中的小悲剧，是社会上常有的事，作者又是比较的敢于实写的，而那结果也并不坏。无论贾氏家业再振，兰桂齐芳，即宝玉自己，也成了个披大红猩猩毡斗篷的和尚。和尚多矣，但披这样阔斗篷的能有几个，已经是"入圣超凡"无疑了。至于别的人们，则早在册子里一一注定，末路不过是一个归结：是问题的结束，不是问题的开头。读者即小有不安，也终于奈何不得。然而后来或续或改，非借尸还魂，即冥中另配，必令"生旦当场团圆"，才肯放手者，乃是自欺欺人的瘾太大，所以看了

小小骗局，还不甘心，定须闭眼胡说一通而后快。赫克尔（E. Haeckel）说过：人和人之差，有时比类人猿和原人之差还远。我们将《红楼梦》的续作者和原作者一比较，就会承认这话大概是确实的。

"作善降祥"的古训，六朝人本已有些怀疑了，他们作墓志，竟会说"积善不报，终自欺人"的话。但后来的昏人，却又瞒起来。元刘信将三岁痴儿抛入醮纸火盆，妄希福 ，是见于《元典章》的；剧本《小张屠焚儿救母》却道是为母延命。命得延，儿亦不死了。一女愿侍痼疾之夫，《醒世恒言》中还说终于一同自杀的；后来改作的却道是有蛇坠入药罐里，丈夫服后便全愈了。凡有缺陷，一经作者粉饰，后半便大抵改观，使读者落诬妄中，以为世间委实尽够光明，谁有不幸，便是自作，自受。

有时遇到彰明的史实，瞒不下，如关羽岳飞的被杀，便只好别设骗局了。一是前世已造凶因，如岳飞；一是死后使他成神，如关羽。定命不可逃，成神的善报更满人意，所以杀人者不足责，被杀者也不足悲，冥冥中自有安排，使他们各得其所，正不必别人来费力了。

中国人的不敢正视各方面，用瞒和骗，造出奇妙的逃路来，而自以为正路。在这路上，就证明着国民性的怯弱，懒惰，而又巧滑。一天一天的满足着，即一天一天的堕落着，但却又觉得日见其光荣。在事实上，亡国一次，即添加几个殉难的忠臣，后来每不想光复旧物，而只去赞美那几个忠臣；遭劫一次，即造成一群不辱的烈女，事过之后，也每每不思惩凶，自卫，却只顾歌咏那一群烈女。仿佛亡国遭劫的事，反而给中国人发挥"两间正气"的机会，增高价值，即在此一举，应该一任其至，不足忧悲似的。自然，此上也无可为，因为我们已经借死人获最上的光荣了。沪汉烈士的追悼会中，活的人们在一块很可景仰的高大的木主下互相打骂，也就是和我们的先辈走着同一的路。

文艺是国民精神所发的火光，同时也是引导国民精神的前途的灯火。这是互为因果的，正如麻油从芝麻榨出，但以浸芝麻，就使它更油。倘以油为上，就不必说；否则，当参入别的东西,或水或砒去。中国人向来因为不敢正视人生,只好瞒和骗,由此也生出瞒和骗的文艺来,由这文艺,更令中国人更深地陷入瞒和骗的大泽中,甚而至于已经自己不觉得。世界日日改变,我们的作家取下假面,真诚地,深入地,大胆地看取人生并且写出他的血和肉来的时候早到了;早就应该有一片崭新的文场,早就应该有几个凶猛的闯将!

现在,气象似乎一变,到处听不见歌吟花月的声音了,代之而起的是铁和血的赞颂。然而倘以欺瞒的心,用欺瞒的嘴,则无论说 A 和 O,或 Y 和 Z,一样是虚假的;只可以吓哑了先前鄙薄花月的所谓批评家的嘴,满足地以为中国就要中兴。可怜他在"爱国"的大帽子底下又闭上了眼睛了——或者本来就闭着。

没有冲破一切传统思想和手法的闯将,中国是不会有真的新文艺的。

一九二五年七月二十二日

✐ 简析

本文批判了中国传统文化中的自我麻痹与冷漠现象,特别是知识分子中这一现象更为严重,遇到问题一味闭上眼逃避,或是"睁一只眼闭一只眼",自欺欺人地以为如此就万事大吉,天下太平,这无疑是可笑可悲的。面对"本身的矛盾或社会的缺陷","瞒和骗"成了中国知识分子的惯用方法。这不仅是历史问题,即使在今天,我们周围这种自欺欺人的现象仍然比比皆是,鲁迅先生的文章仍足以令世人汗颜。这也是他的杂文永远具有蓬勃生机的原因所在。

写在《坟》后面

在听到我的杂文已经印成一半的消息的时候，我曾经写了几行题记，寄往北京去。当时想到便写，写完便寄，到现在还不满二十天，早已记不清说了些甚么了。今夜周围是这么寂静，屋后面的山脚下腾起野烧的微光；南普陀寺还在做牵丝傀儡戏，时时传来锣鼓声，每一间隔中，就更加显得寂静。电灯自然是辉煌着，但不知怎地忽有淡淡的哀愁来袭击我的心，我似乎有些后悔印行我的杂文了。我很奇怪我的后悔；这在我是不大遇到的，到如今，我还没有深知道所谓悔者究竟是怎么一回事。但这心情也随即逝去，杂文当然仍在印行，只为想驱逐自己目下的哀愁，我还要说几句话。

记得先已说过：这不过是我的生活中的一点陈迹。如果我的过往，也可以算作生活，那么，也就可以说，我也曾工作过了。但我并无喷泉一般的思想，伟大华美的文章，既没有主义要宣传，也不想发起一种什么运动。不过我曾经尝得，失望无论大小，是一种苦味，所以几年以来，有人希望我动动笔的，只要意见不很相反，我的力量能够支撑，就总要勉力写几句东西，给来者一些极微末的欢喜。人生多苦辛，而人们有时却极容易得到安慰，又何必惜一点笔墨，给多尝些孤独的悲哀呢？于是除小说杂感之外，逐渐又有了长长短短的杂文十多篇。其间自然也有为卖钱而作的，这回就都混在一处。我的生命的一部分，就这样地用去了，也就是做了这样的工作。然而我至今终于不明白我一向是在做什么。比方做土工的罢，做着做着，而不明白是在筑台呢还在掘坑。所知道的是即使是筑台，也无非要将自己从那上面跌下来或者显示老死；倘是掘坑，那就当然不过是埋掉自己。总之：逝去，逝去，一切一切，和光阴一同早逝去，在逝去，要逝去了。——不过如此，但也为我所十分甘愿的。

然而这大约也不过是一句话。当呼吸还在时，只要是自己的，我有时却也喜欢将陈迹收存起来，明知不值一文，总不能绝无眷恋，集杂文而名之曰《坟》，究竟还是一种取巧的掩饰。刘伶喝得酒气熏天，使人荷锸跟在后面，道：死便埋我。虽然自以为放达，其实是只能骗骗极端老实人的。

所以这书的印行，在自己就是这么一回事。至于对别人，记得在先也已说过，还有愿使偏爱我的文字的主顾得到一点喜欢；憎恶我的文字的东西得到一点呕吐，——我自己知道，我并不大度，那些东西因我的文字而呕吐，我也很高兴的。别的就什么意思也没有了。倘若硬要说出好处来，那么，其中所介绍的几个诗人的事，或者还不妨一看；最末的论“费厄泼赖”这一篇，也许可供参考罢，因为这虽然不是我的血所写，却是见了我的同辈和比我年幼的青年们的血而写的。

偏爱我的作品的读者，有时批评说，我的文字是说真话的。这其实是过誉，那原因就因为他偏爱。我自然不想太欺骗人，但也未尝将心里的话照样说尽，大约只要看得可以交卷就算完。我的确时时解剖别人，然而更多的是更无情面地解剖我自己，发表一点，酷爱温暖的人物已经觉得冷酷了，如果全露出我的血肉来，末路正不知要到怎样。我有时也想就此驱除旁人，到那时还不唾弃我的，即使是枭蛇鬼怪，也是我的朋友，这才真是我的朋友。倘使并这个也没有，则就是我一个人也行。但现在我并不。因为，我还没有这样勇敢，那原因就是我还想生活，在这社会里。还有一种小缘故，先前也曾屡次声明，就是偏要使所谓正人君子也者之流多不舒服几天，所以自己便特地留几片铁甲在身上，站着，给他们的世界上多有一点缺陷，到我自己厌倦了，要脱掉了的时候为止。

倘说为别人引路，那就更不容易了，因为连我自己还不明白应当怎么走。中国大概很有些青年的“前辈”和“导师”罢，

但那不是我，我也不相信他们。我只很确切地知道一个终点，就是：坟。然而这是大家都知道的，无须谁指引。问题是在从此到那的道路。那当然不只一条，我可正不知那一条好，虽然至今有时也还在寻求。在寻求中，我就怕我未熟的果实偏偏毒死了偏爱我的果实的人，而憎恨我的东西如所谓正人君子也者偏偏都矍铄，所以我说话常不免含胡，中止，心里想：对于偏爱我的读者的赠献，或者最好倒不如是一个"无所有"。我的译著的印本，最初，印一次是一千，后来加五百，近时是二千至四千，每一增加，我自然是愿意的，因为能赚钱，但也伴着哀愁，怕于读者有害，因此作文就时常更谨慎，更踌躇。有人以为我信笔写来，直抒胸臆，其实是不尽然的，我的顾忌并不少。我自己早知道毕竟不是什么战士了，而且也不能算前驱，就有这么多的顾忌和回忆。还记得三四年前，有一个学生来买我的书，从衣袋里掏出钱来放在我手里，那钱上还带着体温。这体温便烙印了我的心，至今要写文字时，还常使我怕毒害了这类的青年，迟疑不敢下笔。我毫无顾忌地说话的日子，恐怕要未必有了罢。但也偶尔想，其实倒还是毫无顾忌地说话，对得起这样的青年。但至今也还没有决心这样做。

今天所要说的话也不过是这些，然而比较的却可以算得真实。此外，还有一点余文。

记得初提倡白话的时候，是得到各方面剧烈的攻击的。后来白话渐渐通行了，势不可遏，有些人便一转而引为自己之功，美其名曰"新文化运动"。又有些人便主张白话不妨作通俗之用；又有些人却道白话要做得好，仍须看古书。前一类早已二次转舵，又反过来嘲骂"新文化"了；后二类是不得已的调和派，只希图多留几天僵尸，到现在还不少。我曾在杂感上掊击过的。

新近看见一种上海出版的期刊，也说起要做好白话须读好古文，而举例为证的人名中，其一却是我。这实在使我打了一个寒噤。别人我不论，若是自己，则曾经看过许多旧书，是的确的，为了教书，至今也还在看。因此耳濡目染，影响到所做的白话上，常不免流露出它的字句，体格来。但自己却正苦于背了这些古老的鬼魂，摆脱不开，时常感到一种使人气闷的沉重。就是思想上，也何尝不中些庄周、韩非的毒，时而很随便，时而很峻急。孔孟的书我读得最早，最熟，然而倒似乎和我不相干。大半也因为懒惰罢，往往自己宽解，以为一切事物，在转变中，是总有多少中间物的。动植之间，无脊椎和脊椎动物之间，都有中间物；或者简直可以说，在进化的链子上，一切都是中间物。当开首改革文章的时候，有几个不三不四的作者，是当然的，只能这样，也需要这样。他的任务，是在有些警觉之后，喊出一种新声；又因为从旧垒中来，情形看得较为分明，反戈一击，易制强敌的死命。但仍应该和光阴偕逝，逐渐消亡，至多不过是桥梁中的一木一石，并非什么前途的目标，范本。跟着起来便该不同了，倘非天纵之圣，积习当然也不能顿然荡除，但总得更有新气象。以文字论，就不必更在旧书里讨生活，却将活人的唇舌作为源泉，使文章更加接近语言，更加有生气。至于对于现在人民的语言的穷乏欠缺，如何救济，使他丰富起来，那也是一个很大的问题，或者也须在旧文中取得若干资料，以供使役，但这并不在我现在所要说的范围以内，姑且不论。

我以为我倘十分努力，大概也还能够博采口语，来改革我的文章。但因为懒而且忙，至今没有做。我常疑心这和读了古书很有些关系，因为我觉得古人写在书上的可恶思想，我的心里也常有，能否忽而奋勉，是毫无把握的。我常常诅咒我的这思想，也希望不再见于后来的青年。去年我主张青年少读，或者简直不读中国书，乃是用许多苦痛换来的真话，决不是聊且快意，或什么玩笑，愤激之辞。古人说，不读书便成愚人，那自然也不错的。然而世界却正由愚人造成，聪明人决不能支持世界，尤其是中国的聪明人。现在呢，思想上且不说，便是文辞，许多青年作者又在古文，诗词中摘些好看而难懂的字面，作为变戏法的手巾，来装潢自己的作品了。我不知这和劝读古文说可有相关，但正在复古，也就是新文艺的试行自杀，是显而易见的。

不幸我的古文和白话合成的杂集，又恰在此时出版了，也许又要给读者若干毒害。只是在自己，却还不能毅然决然将他毁灭，还想借此暂时看看逝去的生活的余痕。惟愿偏爱我的作

品的读者也不过将这当作一种纪念，知道这小小的丘陇中，无非埋着曾经活过的躯壳。待再经若干岁月，又当化为烟埃，并记念也从人间消去，而我的事也就完毕了。上午也正在看古文，记起了几句陆士衡的吊曹孟德文，便拉来给我的这一篇作结——

> 既睎古以遗累，信简礼而薄葬。
> 彼裘绂于何有，贻尘谤于后王。
> 嗟大恋之所存，故虽哲而不忘。
> 览遗籍以慷慨，献兹文而凄伤！

一九二六，一一，一一，夜

简 析

从以上几篇选自《坟》的杂文不难看出，这一时期鲁迅的杂文具有犀利冷峻、说理性强的特点，本文正是一篇近似于后记的总结性文章，向来也是研究、理解鲁迅杂文的重要文献。在文中，他仿佛在家中和老朋友对坐倾谈，将自己的创作初衷娓娓道来，"无情面地解剖自己"，说自己"不是什么战士"，坦言文章"也有为了卖钱而作的"，然而我们却看到鲁迅"怕毒害了青年"，故"更谨慎"地作文。一个在斗争中坚强不屈，却对青年满怀关爱的亲切师长仿佛立于眼前。读到"人生多苦辛，而人们有时却极容易得到安慰，又何必惜一点笔墨，给多尝些孤独的悲哀呢？"谁又能不为之动容？

《阿Q正传》的成因

在《文学周报》二五一期里，西谛先生谈起《呐喊》，尤其是《阿Q正传》。这不觉引动我记起了一些小事情，也想借此来说一说，一则也算是做文章，投了稿；二则还可以给要看的人去看去。

我先要抄一段西谛先生的原文——

> 这篇东西值得大家如此的注意，原不是无因的。但也有几点值得商榷的，如最后"大团圆"的一幕，我在《晨报》上初读此作之时，即不以为然，至今也还不以为然，似乎作者对于阿Q之收局太匆促了；他不欲再往下写了，便如此随意的给他以一个"大团圆"。像阿Q那样的一个人，终于要做起革命党来，终于受到那样大团圆的结局，似乎连作者他自己在最初写作时也是料不到的。至少在人格上似乎是两个。

阿Q是否真要做革命党，即使真做了革命党，在人格上是否似乎是两个，现在姑且勿论。单是这篇东西的成因，说起来就要很费功夫了。我常常说，我的文章不是涌出来的，是挤出来的。听的人往往误解为谦逊，其实是真情。我没有什么话要说，也没有什么文章要做，但有一种自害的脾气，是有时不免呐喊几声，想给人们去添点热闹。譬如一匹疲牛罢，明知不堪大用的了，但废物何妨利用呢，所以张家要我耕一弓地，可以的；李家要我挨一转磨，也可以的；赵家要我在他店前站一刻，

在我背上帖出广告道：敝店备有肥牛，出售上等消毒滋养牛乳。我虽然深知道自己是怎么瘦，又是公的，并没有乳，然而想到他们为张罗生意起见，情有可原，只要出售的不是毒药，也就不说什么了。但倘若用得我太苦，是不行的，我还要自己觅草吃，要喘气的工夫；要专指我为某家的牛，将我关在他的牛牢内，也不行的，我有时也许还要给别家挨几转磨。如果连肉都要出卖，那自然更不行，理由自明，无须细说。倘遇到上述的三不行，我就跑，或者索性躺在荒山里。即使因此忽而从深刻变为浅薄，从战士化为畜生，吓我以康有为，比我以梁启超，也都满不在乎，还是我跑我的，我躺我的，决不出来再上当，因为我于"世故"实在是太深了。

近几年《呐喊》有这许多人看，当初是万料不到的，而且连料也没有料。不过是依了相识者的希望，要我写一点东西就写一点东西。也不很忙，因为不很有人知道鲁迅就是我。我所用的笔名也不只一个：LS，神飞，唐俟，某生者，雪之，风声；更以前还有：自树，索士，令飞，迅行。鲁迅就是承迅行而来的，因为那时的《新青年》编辑者不愿意有别号一般的署名。

现在是有人以为我想做什么狗首领了，真可怜，侦察了百来回，竟还不明白。我就从不曾插了鲁迅的旗去访过一次人；"鲁迅即周树人"，是别人查出来的。这些人有四类：一类是为要研究小说，因而要知道作者的身世；一类单是好奇；一类是因为我也做短评，所以特地揭出来，想我受点祸；一类是以为于他有用处，想要钻进来。

那时我住在西城边，知道鲁迅就是我的，大概只有《新青年》，《新潮》社里的人们罢；孙伏园也是一个。他正在晨报馆编副刊。不知是谁的主意，忽然要添一栏称为"开心话"的了，每周一次。他就来要我写一点东西。

阿Q的影像，在我心目中似乎确已有了好几年，但我一向毫无写他出来的意思。经这一提，忽然想起来了，晚上便写了一点，就是第一章：序。因为要切"开心话"这题目，就胡乱加上些不必有的滑稽，其实在全篇里也是不相称的。署名是"巴人"，取"下里巴人"，并不高雅的意思。谁料这署名又闯了祸了，但我却一向不知道，今年在《现代评论》上看见涵庐（即高一涵）的《闲话》才知道的。那大略是——

> ……我记得当《阿Q正传》一段一段陆续发表的时候，有许多人都栗栗危惧，恐怕以后要骂到他的头上。并且有一位朋友，当我面说，昨日《阿Q正传》上某一段仿佛就是骂他自己。因此便猜疑《阿Q正传》是某人作的，何以呢？因为只有某人知道他这一段私事。……从此疑神疑鬼，凡是《阿Q正传》中所骂的，都以为就是他的阴私；凡是与登载《阿Q正传》的报纸有关系的投稿人，都不免做了他所认为《阿Q正传》的作者的嫌疑犯了！等到他打听出来《阿Q正传》的作者名姓的时候，他才知道他和作者素不相识，因此，才恍然自悟，又逢人声明说不是骂他。（第四卷第八十九期）

我对于这位"某人"先生很抱歉，竟因我而做了许多天嫌疑犯。可惜不知是谁，"巴人"两字很容易疑心到四川人身上去，或者是四川人罢。直到这一篇收在《呐喊》里，也还有人问我：你实在是在骂谁和谁呢？我只能悲愤，自恨不能使人看得我不至于如此下劣。

第一章登出之后，便"苦"字临头了，每七天必须做一篇。我那时虽然并不忙，然而正在做流民，夜晚睡在做通路的屋子里，这屋子只有一个后窗，连好好的写字地方也没有，那里能够静坐一会，想一下。伏园虽然还没有现在这样胖，但已经笑嬉嬉，善于催稿了。每星期来一回，一有机会，就是："先生，《阿Q正传》……明天要付排了。"于是只得做，心里想着，"俗语说：'讨饭怕狗咬，秀才怕岁考。'我既非秀才，又要周考，真是为难……"然而终于又一章。但是，似乎渐渐认真起来了；伏园也觉得不很"开心"，所以从第二章起，便移在"新文艺"栏里。

这样地一周一周挨下去，于是乎就不免发生阿Q可要做革命党的问题了。据我的意思，中国倘不革命，阿Q便不做，既然革命，就会做的。我的阿Q的运命，也只能如此，人格也恐

怕并不是两个。民国元年已经过去，无可追踪了，但此后倘再有改革，我相信还会有阿Q似的革命党出现。我也很愿意如人们所说，我只写出了现在以前的或一时期，但我还恐怕我所看见的并非现代的前身，而是其后，或者竟是二三十年之后。其实这也不算辱没了革命党，阿Q究竟已经用竹筷盘上他的辫子了；此后十五年，长虹"走到出版界"，不也就成为一个中国的"绥惠略夫"了么？

《阿Q正传》大约做了两个月，我实在很想收束了，但我已经记不大清楚，似乎伏园不赞成，或者是我疑心倘一收束，他会来抗议，所以将"大团圆"藏在心里，而阿Q却已经渐渐向死路上走。到最末的一章，伏园倘在，也许会压下，而要求放阿Q多活几星期的罢。但是"会逢其适"，他回去了，代庖的是何作霖君，于阿Q素无爱憎，我便将"大团圆"送去，他便登出来。待到伏园回京，阿Q已经枪毙了一个多月了。纵令伏园怎样善于催稿，如何笑嬉嬉，也无法再说"先生，《阿Q正传》……"从此我总算收束了一件事，可以另干别的去。另干了别的什么，现在也已经记不清，但大概还是这一类的事。

其实"大团圆"倒不是"随意"给他的；至于初写时可曾料到，那倒确乎也是一个疑问。我仿佛记得：没有料到。不过这也无法，谁能开首就料到人们的"大团圆"？不但对于阿Q，连我自己将来的"大团圆"，我就料不到究竟是怎样。终于是"学者"，或"教授"乎？还是"学匪"或"学棍"呢？"官僚"乎，还是"刀笔吏"呢？"思想界之权威"乎，抑"思想界先驱者"乎，抑又"世故的老人"乎？"艺术家"？"战士"？抑又是见客不怕麻烦的特别"亚拉籍夫"乎？乎？乎？乎？乎？

但阿Q自然还可以有各种别样的结果，不过这不是我所知道的事。

先前，我觉得我很有写得"太过"的地方，近来却不这样想了。中国现在的事，即使如实描写，在别国的人们，或将来的好中国的人们看来，也都会觉得grotesk。我常常假想一件事，自以为这是想得太奇怪了；但倘遇到相类的事实，却往往更奇怪。在这事实发生以前，以我的浅见寡识，是万万想不到的。

大约一个多月以前，这里枪毙一个强盗，两个穿短衣的人各拿手枪，一共打了七枪。不知道是打了不死呢，还是死了仍然打，所以要打得这么多。当时我便对我的一群少年同学们发感慨，说：这是民国初年初用枪毙的时候的情形；现在隔了十多年，应该进步些，无须给死者这么多的苦痛。北京就不然，犯人未到刑场，刑吏就从后脑一枪，结果了性命，本人还来不及知道已经死了呢。所以北京究竟是"首善之区"，便是死刑，也比外省的好得远。

　　但是前几天看见十一月二十三日的北京《世界日报》，又知道我的话并不的确了，那第六版上有一条新闻，题目是《杜小拴子刀铡而死》，共分五节，现在撮录一节在下面——

　　　杜小拴子刀铡余人枪毙先时，卫戍司令部因为从了毅军各兵士的请求，决定用"枭首刑"，所以杜等不曾到场以前，刑场已预备好了铡草大刀一把了。刀是长形的，下边是木底，中缝有厚大而锐利的刀一把，刀下头有一孔，横嵌木上，可以上下的活动，杜等四人入刑场之后，由招扶的兵士把杜等架下刑车，就叫他们脸冲北，对着已备好的刑桌前站着。……杜并没有跪，有外右五区的某巡官去问杜：要人把着不要？杜就笑而不答，后来就自己跑到刀前，自己睡在刀上，仰面受刑，先时行刑兵已将刀抬起，杜枕到适宜的地方后，行刑兵就合眼猛力一铡，杜的身首，就不在一处了。当时血出极多，在旁边跪等枪决的宋振山等三人，也各偷眼去看，中有赵振一名，身上还发起颤来。后由某排长拿手枪站在宋等的后面，先毙宋振山，后毙李有三赵振，每人都是一枪毙命。……先时，被害程步墀的两个儿子忠智忠信，都在场观看，放声大哭，到各人执刑之后，去大喊：爸！妈呀！你的仇已报了！我们怎么办哪？听的人都非常难过，后来由家族引导着回家去。

　　假如有一个天才，真感着时代的心搏，在十一月二十二日发表出记叙这样情景的小说来，我想，许多读者一定以为是

说着包龙图爷爷时代的事，在西历十一世纪，和我们相差将有九百年。

这真是怎么好……

至于《阿Q正传》的译本，我只看见过两种。法文的登在八月份的《欧罗巴》上，还止三分之一，是有删节的。英文的似乎译得很恳切，但我不懂英文，不能说什么。只是偶然看见还有可以商榷的两处：一是"三百大钱九二串"当译为"三百大钱，以九十二文作为一百"的意思；二是"柿油党"不如译音，因为原是"自由党"，乡下人不能懂，便讹成他们能懂的"柿油党"了。

一九二六年十二月三日，在厦门写

简析

《阿Q正传》向来被誉为鲁迅先生对国民性痼疾批判的最强音。这也是鲁迅先生小说中蜚声世界的名作之一，他在本文中介绍了其创作背景。阿Q的形象刚一面世，就有许多人自动对号入座，疑心"骂到他头上"，揭露"他的阴私"，足见鲁迅对于中国普遍存在的国民劣根性的准确把握，以及刻画人物形象的不凡功力。鲁迅指出那些认为《阿Q正传》太过夸张的论调其实是未曾了解当时的社会真相或不敢面对罢了，那些所谓的"夸张变形"，恰恰是当时扭曲的社会及人性的真实写照。

老调子已经唱完

——二月十九日在香港青年会讲

今天我所讲的题目是"老调子已经唱完"：初看似乎有些离奇，其实是并不奇怪的。

凡老的，旧的，都已经完了！这也应该如此。虽然这一句话实在对不起一般老前辈，可是我也没有别的法子。

中国人有一种矛盾思想，即是：要子孙生存，而自己也想活得很长久，永远不死；及至知道没法可想，非死不可了，却希望自己的尸身永远不腐烂。但是，想一想罢，如果从有人类以来的人们都不死，地面上早已挤得密密的，现在的我们早已无地可容了；如果从有人类以来的人们的尸身都不烂，岂不是地面上的死尸早已堆得比鱼店里的鱼还要多，连掘井，造房子的空地都没有了么？所以，我想，凡是老的，旧的，实在倒不如高高兴兴的死去的好。

在文学上，也一样，凡是老的和旧的，都已经唱完，或将要唱完。举一个最近的例来说，就是俄国。他们当俄皇专制的时代，有许多作家很同情于民众，叫出许多惨痛的声音，后来他们又看见民众有缺点，便失望起来，不很能怎样歌唱，待到革命以后，文学上便没有什么大作品了。只有几个旧文学家跑到外国去，作了几篇作品，但也不见得出色，因为他们已经失掉了先前的环境了，不再能照先前似的开口。

在这时候，他们的本国是应该有新的声音出现的，但是我

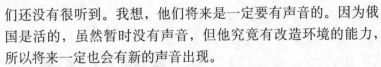

们还没有很听到。我想，他们将来是一定要有声音的。因为俄国是活的，虽然暂时没有声音，但他究竟有改造环境的能力，所以将来一定也会有新的声音出现。

再说欧美的几个国度罢。他们的文艺是早有些老旧了，待到世界大战时候，才发生了一种战争文学。战争一完结，环境也改变了，老调子无从再唱，所以现在文学上也有些寂寞。将来的情形如何，我们实在不能豫测。但我相信，他们是一定也会有新的声音的。

现在来想一想我们中国是怎样。中国的文章是最没有变化的，调子是最老的，里面的思想是最旧的。但是，很奇怪，却和别国不一样。那些老调子，还是没有唱完。

这是什么缘故呢？有人说，我们中国是有一种"特别国情"。——中国人是否真是这样"特别"，我是不知道，不过我听得有人说，中国人是这样。——倘使这话是真的，那么，据我看来，这所以特别的原因，大概有两样。

第一，是因为中国人没记性，因为没记性，所以昨天听过的话，今天忘记了，明天再听到，还是觉得很新鲜。做事也是如此，昨天做坏了的事，今天忘记了，明天做起来，也还是"仍旧贯"的老调子。

第二，是个人的老调子还未唱完，国家却已经灭亡了好几次了。何以呢？我想，凡有老旧的调子，一到有一个时候，是都应该唱完的，凡是有良心，有觉悟的人，到一个时候，自然知道老调子不该再唱，将它抛弃。但是，一般以自己为中心的人们，却决不肯以民众为主体，而专图自己的便利，总是三翻四复的唱不完。于是，自己的老调子固然唱不完，而国家却已被唱完了。

宋朝的读书人讲道学，讲理学，尊孔子，千篇一律。虽然有几个革新的人们，如王安石等等，行过新法，但不得大家的赞同失败了。从此大家又唱老调子，和社会没有关系的老调子，一直到宋朝的灭亡。

宋朝唱完了，进来做皇帝的是蒙古人——元朝。那么，宋朝的老调子也该随着宋朝完结了罢，不，元朝人起初虽然看不

104

起中国人，后来却觉得我们的老调子，倒也新奇，渐渐生了羡慕，因此元人也跟着唱起我们的调子来了，一直到灭亡。

这个时候，起来的是明太祖。元朝的老调子，到此应该唱完了罢，可是也还没有唱完。明太祖又觉得还有些意趣，就又教大家接着唱下去。什么八股咧，道学咧，和社会，百姓都不相干，就只向着那条过去的旧路走，一直到明亡。

清朝又是外国人。中国的老调子，在新来的外国主人的眼里又见得新鲜了，于是又唱下去。还是八股，考试，做古文，看古书。但是清朝完结，已经有十六年了，这是大家都知道的。他们到后来，倒也略略有些觉悟，曾经想从外国学一点新法来补救，然而已经太迟，来不及了。

老调子将中国唱完，完了好几次，而它却仍然可以唱下去。因此就发生一点小议论。有人说："可见中国的老调子实在好，正不妨唱下去。试看元朝的蒙古人，清朝的满洲人，不是都被我们同化了么？照此看来，则将来无论何国，中国都会这样地将他们同化的。"原来我们中国就如生着传染病的病人一般，自己生了病，还会将病传到别人身上去，这倒是一种特别的本领。

殊不知这种意见，在现在是非常错误的。我们为甚么能够同化蒙古人和满洲人呢？是因为他们的文化比我们的低得多。倘使别人的文化和我们的相敌或更进步，那结果便要大不相同了。他们倘比我们更聪明，这时候，我们不但不能同化他们，反要被他们利用了我们的腐败文化，来治理我们这腐败民族。他们对于中国人，是毫不爱惜的，当然任凭你腐败下去。现在听说又很有别国人在尊重中国的旧文化了，那里是真在尊重呢，不过是利用！

从前西洋有一个国度，国名忘记了，要在非洲造一条铁路。顽固的非洲土人很反对，他们便利用了他们的神话来哄骗他们道："你们古代有一个神仙，曾从地面造一道桥到天上。现在我们所造的铁路，简直就和你们的古圣人的用意一样。"非洲人不胜佩服，高兴，铁路就造起来。——中国人是向来排斥外人的，然而现在却渐渐有人跑到他那里去唱老调子了，还说道："孔夫子也说过，'道不行，乘桴浮于海。'所以外人倒是好的。"外国

105

人也说道：“你家圣人的话实在不错。”

倘照这样下去，中国的前途怎样呢？别的地方我不知道，只好用上海来类推。上海是：最有权势的是一群外国人，接近他们的是一圈中国的商人和所谓读书的人，圈子外面是许多中国的苦人，就是下等奴才。将来呢，倘使还要唱着老调子，那么，上海的情状会扩大到全国，苦人会多起来。因为现在是不像元朝清朝时候，我们可以靠着老调子将他们唱完，只好反而唱完自己了。这就因为，现在的外国人，不比蒙古人和满洲人一样，他们的文化并不在我们之下。

那么，怎么好呢？我想，惟一的方法，首先是抛弃了老调子。旧文章，旧思想，都已经和现社会毫无关系了，从前孔子周游列国的时代，所坐的是牛车。现在我们还坐牛车么？从前尧舜的时候，吃东西用泥碗，现在我们所用的是甚么？所以，生在现今的时代，捧着古书是完全没有用处的了。

但是，有些读书人说，我们看这些古东西，倒并不觉得于中国怎样有害，又何必这样决绝地抛弃呢？是的。然而古老东西的可怕就正在这里。倘使我们觉得有害，我们便能警戒了，正因为并不觉得怎样有害，我们这才总是觉不出这致死的毛病来。因为这是“软刀子”。这“软刀子”的名目，也不是我发明的，明朝有一个读书人，叫做贾凫西的，鼓词里曾经说起纣王，道：“几年家软刀子割头不觉死，只等得太白旗悬才知道命有差。”我们的老调子，也就是一把软刀子。

中国人倘被别人用钢刀来割，是觉得痛的，还有法子想；倘是软刀子，那可真是“割头不觉死”，一定要完。

我们中国被别人用兵器来打，早有过好多次了。例如，蒙古人满洲人用弓箭，还有别国人用枪炮。用枪炮来打的后几次，我已经出了世了，但是年纪青。我仿佛记得那时大家倒还觉得一点苦痛的，也曾经想有些抵抗，有些改革。用枪炮来打我们的时候，听说是因为我们野蛮；现在，倒不大遇见有枪炮来打我们了，大约是因为我们文明了罢。现在也的确常常有人说，中国的文化好得很，应该保存。那证据，是外国人也常在赞美。这就是软刀子。用钢刀，我们也许还会觉得的，于是就改用软刀子。我想：叫我们用自己的老调子唱完我们自己的时候，是已经要到了。

中国的文化，我可是实在不知道在那里。所谓文化之类，和现在的民众有甚么关系，甚么益处呢？近来外国人也时常说，中国人礼仪好，中国人肴馔好。中国人也附和着。但这些事和民众有甚么关系？车夫先就没有钱来做礼服，南北的大多数的农民最好的食物是杂粮。有什么关系？

中国的文化，都是侍奉主子的文化，是用很多的人的痛苦换来的。无论中国人，外国人，凡是称赞中国文化的，都只是以主子自居的一部份。

以前，外国人所作的书籍，多是嘲骂中国的腐败；到了现在，不大嘲骂了，或者反而称赞中国的文化了。常听到他们说："我在中国住得很舒服呵！"这就是中国人已经渐渐把自己的幸福送给外国人享受的证据。所以他们愈赞美，我们中国将来的苦痛要愈深的！

这就是说：保存旧文化，是要中国人永远做侍奉主子的材料，苦下去，苦下去。虽是现在的阔人富翁，他们的子孙也不能逃。我曾经做过一篇杂感，大意是说："凡称赞中国旧文化的，多是住在租界或安稳地方的富人，因为他们有钱，没有受到国内战争的痛苦，所以发出这样的赞赏来。殊不知将来他们的子孙，营业要比现在的苦人更其贱，去开的矿洞，也要比现在的苦人更其深。"这就是说，将来还是要穷的，不过迟一点。但是先穷的苦人，开了较浅的矿，他们的后人，却须开更深的矿了。我的话并没有人注意。他们还是唱着老调子，唱到租界去，唱到外国去。但从此以后，不能像元朝清朝一样，唱完别人了，他们是要唱完了自己。

这怎么办呢？我想，第一，是先请他们从洋楼，卧室，书房里踱出来，看一看身边怎么样，再看一看社会怎么样，世界怎么样。然后自己想一想，想得了方法，就做一点。"跨出房门，是危险的。"自然，唱老调子的先生们又要说。然而，做人是总有些危险的，如果躲在房里，就一定长寿，白胡子的老先生应该非常多；但是我们所见的有多少呢？他们也还是常常早死，

虽然不危险，他们也胡涂死了。

要不危险，我倒曾经发见了一个很合式的地方。这地方，就是：牢狱。人坐在监牢里，便不至于再捣乱，犯罪了；救火机关也完全，不怕失火；也不怕盗劫，到牢狱里去抢东西的强盗是从来没有的。坐监是实在最安稳。

但是，坐监却独独缺少一件事，这就是：自由。所以，贪安稳就没有自由，要自由就总要历些危险。只有这两条路。那一条好，是明明白白的，不必待我来说了。

现在我还要谢诸位今天到来的盛意。

一九二七年二月十九日

简析

鲁迅先生将中国封建思想及为其摇唇鼓舌的道德文章，喻为已无生命力的"老调子"，把批判的矛头指向一切残余的封建文化及其顽固的追随者。在我国历史上封建时代极为漫长，它的遗毒深深影响着中国人的思维与生活，即使封建制度已行将就木，依然有不少人抱残守缺，抓住那"老调子"不放。鲁迅警惕世人："老调子"如同"软刀子"般可怕，让人"割头不觉死"，故它"一定要完"。只有彻底抛弃"老调子"，唱出新声，中国的未来才有希望。

魏晋风度及文章与药及酒之关系
——九月间在广州夏期学术演讲会讲

我今天所讲的，就是黑板上写着的这样一个题目。

中国文学史，研究起来，可真不容易，研究古的，恨材料太少，研究今的，材料又太多，所以到现在，中国较完全的文学史尚未出现。今天讲的题目是文学史上的一部分，也是材料太少，研究起来很有困难的地方。因为我们想研究某一时代的文学，至少要知道作者的环境、经历和著作。

汉末魏初这个时代是很重要的时代，在文学方面起一个重大的变化，因当时正在黄巾和董卓大乱之后，而且又是党锢的纠纷之后，这时曹操出来了。——不过我们讲到曹操，很容易就联想起《三国志演义》，更而想起戏台上那一位花面的奸臣，但这不是观察曹操的真正方法。现在我们再看历史，在历史上的记载和论断有时也是极靠不住的，不能相信的地方很多，因为通常我们晓得，某朝的年代长一点，其中必定好人多；某朝的年代短一点，其中差不多没有好人。为什么呢？因为年代长了，做史的是本朝人，当然恭维本朝的人物，年代短了，做史的是别朝人，便很自由地贬斥其异朝的人物，所以在秦朝，差不多在史的记载上半个好人也没有。曹操在史上年代也是颇短的，自然也逃不了被后一朝人说坏话的公例。其实，曹操是一个很有本事的人，至少是一个英雄，我虽不是曹操一党，但无

论如何，总是非常佩服他。

研究那时的文学，现在较为容易了，因为已经有人做过工作：在文集一方面有清严可均辑的《全上古三代秦汉三国晋南北朝文》。其中于此有用的，是《全汉文》，《全三国文》，《全晋文》。

在诗一方面有丁福保辑的《全汉三国晋南北朝诗》。——丁福保是做医生的，现在还在。

辑录关于这时代的文学评论有刘师培编的《中国中古文学史》。这本书是北大的讲义，刘先生已死，此书由北大出版。

上面三种书对于我们的研究有很大的帮助。能使我们看出这时代的文学的确有点异彩。

我今天所讲，倘若刘先生的书里已详的，我就略一点；反之，刘先生所略的，我就较详一点。

董卓之后，曹操专权。在他的统治之下，第一个特色便是尚刑名。他的立法是很严的，因为当大乱之后，大家都想做皇帝，大家都想叛乱，故曹操不能不如此。曹操曾自己说过："倘无我，不知有多少人称王称帝！"这句话他倒并没有说谎。因此之故，影响到文章方面，成了清峻的风格。——就是文章要简约严明的意思。

此外还有一个特点，就是尚通脱。他为什么要尚通脱呢？自然也与当时的风气有莫大的关系。因为在党锢之祸以前，凡党中人都自命清流，不过讲"清"讲得太过，便成固执，所以在汉末，清流的举动有时便非常可笑了。

比方有一个有名的人，普通的人去拜访他，先要说几句话，倘这几句话说得不对，往往会遭倨傲的待遇，叫他坐到屋外去，甚而至于拒绝不见。

又如有一个人，他和他的姊夫是不对的，有一回他到姊姊那里去吃饭之后，便要将饭钱算回给姊姊。她不肯要，他就于出门之后，把那些钱扔在街上，算是付过了。

个人这样闹闹脾气还不要紧，若治国平天下也这样闹起执拗的脾气来，那还成甚么话？所以深知此弊的曹操要起来反对这种习气，力倡通脱。通脱即随便之意。此种提倡影响到文坛，

便产生多量想说甚么便说甚么的文章。

更因思想通脱之后，废除固执，遂能充分容纳异端和外来的思想，故孔教以外的思想源源引入。

总括起来，我们可以说汉末魏初的文章是清峻，通脱。在曹操本身，也是一个改造文章的祖师，可惜他的文章传的很少。他胆子很大，文章从通脱得力不少，做文章时又没有顾忌，想写的便写出来。

所以曹操征求人才时也是这样说，不忠不孝不要紧，只要有才便可以。这又是别人所不敢说的。曹操做诗，竟说是"郑康成行酒伏地气绝"，他引出离当时不久的事实，这也是别人所不敢用的。还有一样，比方人死时，常常写点遗令，这是名人的一件极时髦的事。当时的遗令本有一定的格式，且多言身后当葬于何处何处，或葬于某某名人的墓旁；操独不然，他的遗令不但没有依着格式，内容竟讲到遗下的衣服和伎女怎样处置等问题。

陆机虽然评曰"贻尘谤于后王"，然而我想他无论如何是一个精明人，他自己能做文章，又有手段，把天下的方士文士统统搜罗起来，省得他们跑在外面给他捣乱。所以他帷幄里面，方士文士就特别地多。

孝文帝曹丕，以长子而承父业，篡汉而即帝位。他也是喜欢文章的。其弟曹植，还有明帝曹叡，都是喜欢文章的。不过到那个时候，于通脱之外，更加上华丽。丕著有《典论》，现已失散无全本，那里面说："诗赋欲丽"，"文以气为主"。《典论》的零零碎碎，在唐宋类书中；一篇整的《论文》，在《文选》中可以看见。

后来有一般人很不以他的见解为然。他说诗赋不必寓教训，反对当时那些寓训勉于诗赋的见解，用近代的文学眼光看来，曹丕的一个时代可说是"文学的自觉时代"，或如近代所说是为艺术而艺术（Art for Art's Sake）的一派。所以曹丕做的诗赋很好，更因他以"气"为主，故于华丽以外，加上壮大。归纳起来，汉末，魏初的文章，可说是："清峻，通脱，华丽，壮大。"

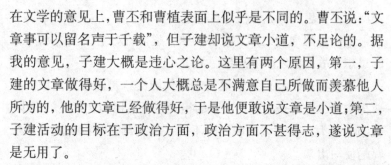

在文学的意见上，曹丕和曹植表面上似乎是不同的。曹丕说："文章事可以留名声于千载"，但子建却说文章小道，不足论的。据我的意见，子建大概是违心之论。这里有两个原因，第一，子建的文章做得好，一个人大概总是不满意自己所做而羡慕他人所为的，他的文章已经做得好，于是他便敢说文章是小道；第二，子建活动的目标在于政治方面，政治方面不甚得志，遂说文章是无用了。

曹操曹丕以外，还有下面的七个人：孔融，陈琳，王粲，徐幹，阮　，应　，刘桢，都很能做文章，后来称为"建安七子"。七人的文章很少流传，现在我们很难判断；但，大概都不外是"慷慨"，"华丽"罢。华丽即曹丕所主张，慷慨就因当天下大乱之际，亲戚朋友死于乱者特多，于是为文就不免带着悲凉，激昂和"慷慨"了。

七子之中，特别的是孔融，他专喜和曹操捣乱。曹丕《典论》里有论孔融的，因此他也被拉进"建安七子"一块儿去。其实不对，很两样的。不过在当时，他的名声可非常之大。孔融作文，喜用讥嘲的笔调，曹丕很不满意他。孔融的文章现在传的也很少，就他所有的看起来，我们可以瞧出他并不大对别人讥讽，只对曹操。比方操破袁氏兄弟，曹丕把袁熙的妻甄氏拿来，归了自己，孔融就写信给曹操，说当初武王伐纣，将妲己给了周公了。操问他的出典，他说，以今例古，大概那时也是这样的。又比方曹操要禁酒，说酒可以亡国，非禁不可，孔融又反对他，说也有以女人亡国的，何以不禁婚姻？

其实曹操也是喝酒的。我们看他的"何以解忧？惟有杜康"的诗句，就可以知道。为什么他的行为会和议论矛盾呢？此无他，因曹操是个办事人，所以不得不这样做；孔融是旁观的人，所以容易说些自由话。曹操见他屡屡反对自己，后来借故把他杀了。他杀孔融的罪状大概是不孝。因为孔融有下列的两个主张：

第一，孔融主张母亲和儿子的关系是如瓶之盛物一样，只要在瓶内把东西倒了出来，母亲和儿子的关系便算完了。第二，假使有天下饥荒的一个时候，有点食物，给父亲不给呢？孔融的答案是：倘若父亲是不好的，宁可给别人。——曹操想杀他，便不惜以这种主张为他不忠不孝的根据，把他杀了。倘若曹操在世，我们可以问他，当初求才时就说不忠不孝也不要紧，为何又以不孝之名杀人呢？然而事实上纵使曹操再生，也没人敢问他，我们倘若去问他，恐怕他把我们也杀了！

与孔融一同反对曹操的尚有一个祢衡，后来给黄祖杀掉的。祢衡的文章也不错，而且他和孔融早是"以气为主"来写文章的了。故在此我们又可知道，汉文慢慢壮大起来，是时代使然，非专靠曹操父子之功。但华丽好看，却是曹丕提倡的功劳。

这样下去一直到明帝的时候，文章上起了个重大的变化，因为出了一个何晏。

何晏的名声很大，位置也很高，他喜欢研究《老子》和《易经》。至于他是怎样的一个人呢？那真相现在可很难知道，很难调查。因为他是曹氏一派的人，司马氏很讨厌他，所以他们的记载对何晏大不满。因此产生许多传说，有人说何晏的脸上是搽粉的，又有人说他本来生得白，不是搽粉的。但究竟何晏搽粉不搽粉呢？我也不知道。

但何晏有两件事我们是知道的。第一，他喜欢空谈，是空谈的祖师；第二，他喜欢吃药，是吃药的祖师。

此外，他也喜欢谈名理。他身子不好，因此不能不服药。他吃的不是寻常的药，是一种名叫"五石散"的药。

"五石散"是一种毒药，是何晏吃开头的。汉时，大家还不敢吃，何晏或者将药方略加改变，便吃开头了。五石散的基本，大概是五样药：石钟乳，石硫黄，白石英，紫石英，赤石脂；另外怕还配点别样的药。但现在也不必细细研究它，我想各位都是不想吃它的。

从书上看起来，这种药是很好的，人吃了能转弱为强。因此之故，何晏有钱，他吃起来了；大家也跟着吃。那时五石散的流毒就同清末的鸦片的流毒差不多，看吃药与否以分阔气与否的。现在由隋巢元方做的《诸病源候论》的里面可以看到一些。据此书，可知吃这药是非常麻烦的，穷人不能吃，假使吃了之后，

一不小心，就会毒死。先吃下去的时候，倒不怎样的，后来药的效验既显，名曰"散发"。倘若没有"散发"，就有弊而无利。因此吃了之后不能休息，非走路不可，因走路才能"散发"，所以走路名曰"行散"。比方我们看六朝人的诗，有云："至城东行散"，就是此意。后来做诗的人不知其故，以为"行散"即步行之意，所以不服药也以"行散"二字入诗，这是很笑话的。

走了之后，全身发烧，发烧之后又发冷。普通发冷宜多穿衣，吃热的东西。但吃药后的发冷刚刚要相反：衣少，冷食，以冷水浇身。倘穿衣多而食热物，那就非死不可。因此五石散一名寒食散。只有一样不必冷吃的，就是酒。

吃了散之后，衣服要脱掉，用冷水浇身；吃冷东西；饮热酒。这样看起来，五石散吃的人多，穿厚衣的人就少；比方在广东提倡，一年以后，穿西装的人就没有了。因为皮肉发烧之故，不能穿窄衣。为豫防皮肤被衣服擦伤，就非穿宽大的衣服不可。现在有许多人以为晋人轻裘缓带，宽衣，在当时是人们高逸的表现，其实不知他们是吃药的缘故。一班名人都吃药，穿的衣都宽大，于是不吃药的也跟着名人，把衣服宽大起来了！

还有，吃药之后，因皮肤易于磨破，穿鞋也不方便，故不穿鞋袜而穿屐。所以我们看晋人的画像或那时的文章，见他衣服宽大，不鞋而屐，以为他一定是很舒服，很飘逸的了，其实他心里都是很苦的。

更因皮肤易破，不能穿新的而宜于穿旧的，衣服便不能常洗。因不洗，便多虱。所以在文章上，虱子的地位很高，"扪虱而谈"，当时竟传为美事。比方我今天在这里演讲的时候，扪起虱来，那是不大好的。但在那时不要紧，因为习惯不同之故。这正如清朝是提倡抽大烟的，我们看见两肩高耸的人，不觉得奇怪。现在就不行了，倘若多数学生，他的肩成为一字样，我们就觉得很奇怪了。

此外可见服散的情形及其他种种的书，还有葛洪的《抱朴子》。

到东晋以后，作假的人就很多，在街旁睡倒，说是"散发"

以示阔气。就像清时尊读书，就有人以墨涂唇，表示他是刚才写了许多字的样子。故我想，衣大，穿屐，散发等等，后来效之，不吃也学起来，与理论的提倡实在是无关的。

又因"散发"之时，不能肚饿，所以吃冷物，而且要赶快吃，不论时候，一日数次也不可定。因此影响到晋时"居丧无礼"。——本来魏晋时，对于父母之礼是很繁多的。比方想去访一个人，那么，在未访之前，必先打听他父母及其祖父母的名字，以便避讳。否则，嘴上一说出这个字音，假如他的父母是死了的，主人便会大哭起来——他记得父母了——给你一个大大的没趣。晋礼居丧之时，也要瘦，不多吃饭，不准喝酒。但在吃药之后，为生命计，不能管得许多，只好大嚼，所以就变成"居丧无礼"了。

居丧之际，饮酒食肉，由阔人名流倡之，万民皆从之，因为这个缘故，社会上遂尊称这样的人叫作名士派。

吃散发源于何晏，和他同志的，有王弼和夏侯玄两个人，与晏同为服药的祖师。有他三人提倡，有多人跟着走。他们三人多是会做文章，除了夏侯玄的作品流传不多外，王何二人现在我们尚能看到他们的文章。他们都是生于正始的，所以又名曰"正始名士"。但这种习惯的末流，是只会吃药，或竟假装吃药，而不会做文章。

东晋以后，不做文章而流为清谈，由《世说新语》一书里可以看到。此中空论多而文章少，比较他们三个差得远了。三人中王弼二十余岁便死了，夏侯何二人皆为司马懿所杀。因为他二人同曹操有关系，非死不可，犹曹操之杀孔融，也是借不孝做罪名的。

二人死后，论者多因其与魏有关而骂他，其实何晏值得骂的就是因为他是吃药的发起人。这种服散的风气，魏，晋，直到隋，唐，还存在着，因为唐时还有"解散方"，即解五石散的药方，可以证明还有人吃，不过少点罢了。唐以后就没有人吃，其原因尚未详，大概因其弊多利少，和鸦片一样罢？

晋名人皇甫谧作一书曰《高士传》，我们以为他很高超。但他是服散的，曾有一篇文章，自说吃散之苦。因为药性一发，稍

不留心，即会丧命，至少也会受非常的苦痛，或要发狂；本来聪明的人，因此也会变成痴呆。所以非深知药性，会解救，而且家里的人多深知药性不可。晋朝人多是脾气很坏，高傲，发狂，性暴如火的，大约便是服药的缘故。比方有苍蝇扰他，竟至拔剑追赶；就是说话，也要胡胡涂涂地才好，有时简直是近于发疯。但在晋朝更有以痴为好的，这大概也是服药的缘故。

魏末，何晏他们以外，又有一个团体新起，叫做"竹林名士"，也是七个，所以又称"竹林七贤"。正始名士服药，竹林名士饮酒。竹林的代表是嵇康和阮籍。但究竟竹林名士不纯粹是喝酒的，嵇康也兼服药，而阮籍则是专喝酒的代表。但嵇康也饮酒，刘伶也是这里面的一个。他们七人中差不多都是反抗旧礼教的。

这七人中，脾气各有不同。嵇阮二人的脾气都很大；阮籍老年时改得很好，嵇康就始终都是极坏的。

阮年青时，对于访他的人有加以青眼和白眼的分别。白眼大概是全然看不见眸子的，恐怕要练习很久才能够。青眼我会装，白眼我却装不好。

后来阮籍竟做到"口不臧否人物"的地步，嵇康却全不改变。结果阮得终其天年，而嵇竟丧于司马氏之手，与孔融何晏等一样，遭了不幸的杀害。这大概是因为吃药和吃酒之分的缘故：吃药可以成仙，仙是可以骄视俗人的；饮酒不会成仙，所以敷衍了事。

他们的态度，大抵是饮酒时衣服不穿，帽也不带。若在平时，有这种状态，我们就说无礼，但他们就不同。居丧时不一定按例哭泣；子之于父，是不能提父的名，但在竹林名士一流人中，子都会叫父的名号。旧传下来的礼教，竹林名士是不承认的。即如刘伶——他曾做过一篇《酒德颂》，谁都知道——他是不承认世界上从前规定的道理的，曾经有这样的事，有一次有客见他，他不穿衣服。人责问他；他答人说，天地是我的房屋，房屋就是我的衣服，你们为什么进我的裤子中来？至于阮籍，就更甚了，他连上下古今也不承认，在《大人先生传》里有说："天地解兮六合开，星辰陨兮日月颓，我腾而上将何怀？"他的意思是天地神仙，都是无意义，一切都不要，所以他觉得世上的道理不必争，神仙也不足信，既然一切都是虚无，所以他便沉湎于酒了。然而他还有一个原因，就是他的饮酒不独由于他的思想，大半倒在环境。其时司马氏已想篡位，而阮籍名声很大，所以他讲话就极难，只好多饮酒，少讲话，而且即使讲话讲错了，也可以借醉得到人的原谅。只要看有一次司马懿求和阮籍结亲，而阮籍一醉就是两个月，没有提出的机会，就可以知道了。

阮籍作文章和诗都很好，他的诗文虽然也慷慨激昂，但许多意思都是隐而不显的。宋的颜延之已经说不大能懂，我们现在自然更很难看得懂他的诗了。他诗里也说神仙，但他其实是不相信的。嵇康的论文，比阮籍更好，思想新颖，往往与古时旧说反对。孔子说："学而时习之，不亦说乎？"嵇康做的《难自然好学论》，却道，人是并不好学的，假如一个人可以不做事而又有饭吃，就随便闲游不喜欢读书了，所以现在人之好学，是由于习惯和不得已。还有管叔蔡叔，是疑心周公，率殷民叛，因而被诛，一向公认为坏人的。而嵇康做的《管蔡论》，就也反对历代传下来的意思，说这两个人是忠臣，他们的怀疑周公，是因为地方相距太远，消息不灵通。

但最引起许多人的注意，而且于生命有危险的，是《与山巨源绝交书》中的"非汤武而薄周孔"。司马懿因这篇文章，就将嵇康杀了。非薄了汤武周孔，在现时代是不要紧的，但在当时却关系非小。汤武是以武定天下的；周公是辅成王的；孔子是祖述尧舜，而尧舜是禅让天下的。嵇康都说不好，那么，教司马懿篡位的时候，怎么办才是好呢？没有办法。在这一点上，嵇康于司马氏的办事上有了直接的影响，因此就非死不可了。嵇康的见杀，是因为他的朋友吕安不孝，连及嵇康，罪案和曹操的杀孔融差不多。魏晋，是以孝治天下的，不孝，故不能不杀。为什么要以孝治天下呢？因为天位从禅让，即巧取豪夺而来，若主张以忠治天下，他们的立脚点便不稳，办事便棘手，立论也难了，所以一定要以孝治天下。但倘只是实行不孝，其实那时倒不很要紧的，嵇康的害处是在发议论；阮籍不同，不大说关于伦理上的话，所以结局也不同。

但魏晋也不全是这样的情形，宽袍大袖，大家饮酒。反对的也很多。在文章上我们还可以看见裴頠的《崇有论》，孙盛的《老子非大贤论》，这些都是反对王何们的。在史实上，则何曾劝司马懿杀阮籍有好几回，司马懿不听他的话，这是因为阮籍的饮酒，与时局的关系少些的缘故。

然而后人就将嵇康阮籍骂起来，人云亦云，一直到现在，一千六百多年，季札说："中国之君子，明于礼义而陋于知人心。"这是确的，大凡明于礼义，就一定要陋于知人心的，所以古代有许多人受了很大的冤枉。例如嵇阮的罪名，一向说他们毁坏礼教。但据我个人的意见，这判断是错的。魏晋时代，崇奉礼教的看来似乎很不错，而实在是毁坏礼教，不信礼教的。表面上毁坏礼教者，实则倒是承认礼教，太相信礼教。因为魏晋时所谓崇奉礼教，是用以自利，那崇奉也不过偶然崇奉，如曹操杀孔融，司马懿杀嵇康，都是因为他们和不孝有关，但实在曹操司马懿何尝是著名的孝子，不过将这个名义，加罪于反对自己的人罢了。于是老实人以为如此利用，亵黩了礼教，不平之极，无计可施，激而变成不谈礼教，不信礼教，甚至于反对礼教。——但其实不过是态度，至于他们的本心，恐怕倒是相信礼教，当作宝贝，比曹操司马懿们要迂执得多。现在说一个容易明白的比喻罢，譬如有一个军阀，在北方——在广东的人所谓北方和我常说的北方的界限有些不同，我常称山东山西直隶河南之类为北方——那军阀从前是压迫民党的，后来北伐军势力一大，他便挂起了青天白日旗，说自己已经信仰三民主义了，是总理的信徒。这样还不够，他还要做总理的纪念周。这时候，真的三民主义的信徒，去呢，不去呢？不去，他那里就可以说你反对三民主义，定罪，杀人。但既然在他的势力之下，没有别法，真的总理的信徒，倒会不谈三民主义，或者听人假惺惺的谈起来就皱眉，好像反对三民主义模样。所以我想，魏晋时所谓反对礼教的人，有许多大约也如此。他们倒是迂夫子，将礼教当作宝贝看待的。

还有一个实证，凡人们的言论，思想，行为，倘若自己以为

不错的，就愿意天下的别人，自己的朋友都这样做。但嵇康阮籍不这样，不愿意别人来模仿他。竹林七贤中有阮咸，是阮籍的侄子，一样的饮酒。阮籍的儿子阮浑也愿加入时，阮籍却道不必加入，吾家已有阿咸在，够了。假若阮籍自以为行为是对的，就不当拒绝他的儿子，而阮籍却拒绝自己的儿子，可知阮籍并不以他自己的办法为然。至于嵇康，一看他的《绝交书》，就知道他的态度很骄傲的；有一次，他在家打铁——他的性情是很喜欢打铁的——钟会来看他了，他只打铁，不理钟会。钟会没有意味，只得走。其时嵇康就问他："何所闻而来，何所见而去？"钟会答道："闻所闻而来，见所见而去。"这也是嵇康杀身的一条祸根。但我看他做给他的儿子看的《家诫》——当嵇康被杀时，其子方十岁，算来当他做这篇文章的时候，他的儿子是未满十岁的——就觉得宛然是两个人。他在《家诫》中教他的儿子做人要小心，还有一条一条的教训。有一条是说长官处不可常去，亦不可住宿；官长送人们出来时，你不要在后面，因为恐怕将来官长惩办坏人时，你有暗中密告的嫌疑。又有一条是说宴饮时候有人争论，你可立刻走开，免得在旁批评，因为两者之间必有对与不对，不批评则不像样，一批评就总要是甲非乙，不免受一方见怪。还有人要你饮酒，即使不愿饮也不要坚决地推辞，必须和和气气的拿着杯子。我们就此看来，实在觉得很希奇：嵇康是那样高傲的人，而他教子就要他这样庸碌。因此我们知道，嵇康自己对于他自己的举动也是不满足的。所以批评一个人的言行实在难，社会上对于儿子不像父亲，称为"不肖"，以为是坏事，殊不知世上正有不愿意他的儿子像自己的父亲哩。试看阮籍嵇康，就是如此。这是，因为他们生于乱世，不得已，才有这样的行为，并非他们的本态。但又于此可见魏晋的破坏礼教者，实在是相信礼教到固执之极的。

　　不过何晏王弼阮籍嵇康之流，因为他们的名位大，一般的人们就学起来，而所学的无非是表面，他们实在的内心，却不知道。因为只学他们的皮毛，于是社会上便很多了没意思的空谈和饮酒。许多人只会无端的空谈和饮酒，无力办事，也就影响到政治上，弄得玩"空城计"，毫无实际了。在文学上也这样，

嵇康阮籍的纵酒，是也能做文章的，后来到东晋，空谈和饮酒的遗风还在，而万言的大文如嵇阮之作，却没有了。刘勰说："嵇康师心以遣论，阮籍使气以命诗。"这"师心"和"使气"，便是魏末晋初的文章的特色。正始名士和竹林名士的精神灭后，敢于师心使气的作家也没有了。

到东晋，风气变了。社会思想平静得多，各处都夹入了佛教的思想。再至晋末，乱也看惯了，篡也看惯了，文章便更和平。代表平和的文章的人有陶潜。他的态度是随便饮酒，乞食，高兴的时候就谈论和作文章，无尤无怨。所以现在有人称他为"田园诗人"，是个非常和平的田园诗人。他的态度是不容易学的，他非常之穷，而心里很平静。家常无米，就去向人家门口求乞。他穷到有客来见，连鞋也没有，那客人给他从家丁取鞋给他，他便伸了足穿上了。虽然如此，他却毫不为意，还是"采菊东篱下，悠然见南山"。这样的自然状态，实在不易模仿。他穷到衣服也破烂不堪，而还在东篱下采菊，偶然抬起头来，悠然的见了南山，这是何等自然。现在有钱的人住在租界里，雇花匠种数十盆菊花，便做诗，叫作"秋日赏菊效陶彭泽体"，自以为合于渊明的高致，我觉得不大像。

陶潜之在晋末，是和孔融于汉末与嵇康于魏末略同，又是将近易代的时候。但他没有什么慷慨激昂的表示，于是便博得"田园诗人"的名称。但《陶集》里有《述酒》一篇，是说当时政治的。这样看来，可见他于世事也并没有遗忘和冷淡，不过他的态度比嵇康阮籍自然得多，不至于招人注意罢了。还有一个原因，先已说过，是习惯。因为当时饮酒的风气相沿下来，人见了也不觉得奇怪，而且汉魏晋相沿，时代不远，变迁极多，既经见惯，就没有大感触，陶潜之比孔融嵇康和平，是当然的。例如看北朝的墓志，官位升进，往往详细写着，再仔细一看，他是已经经历过两三个朝代了，但当时似乎并不为奇。

据我的意思，即使是从前的人，那诗文完全超于政治的所谓"田园诗人"，"山林诗人"，是没有的。完全超出于人间世的，也是没有的。既然是超出于世，则当然连诗文也没有。诗文也是人事，既有诗，就可以知道于世事未能忘情。譬如墨子兼爱，杨子为我。墨子当然要著书；杨子就一定不著，这才是"为我"。因为若做出书来给别人看，便变成"为人"了。

由此可知陶潜总不能超于尘世，而且，于朝政还是留心，也不能忘掉"死"，这是他诗文中时时提起的。用别一种看法研究起来，恐怕也会成一个和旧说不同的人物罢。

自汉末至晋末文章的一部分的变化与药及酒之关系，据我所知的大概是这样。但我学识太少，没有详细的研究，在这样的热天和雨天费去了诸位这许多时光，是很抱歉的。现在这个题目总算是讲完了。

一九二七年七月二十三日

🎵 简 析

鲁迅以其丰厚的古典文学功底带领我们进行了一次魏晋文化之旅。从曹氏父子到何晏、王弼，以及"竹林七贤"，他指出那些名士的乖张性情、怪诞言行，只不过是他们在魏晋特定的高压政治环境下，扭曲地释放情感、舒展个性的方式。他们"实则倒是承认礼教，太相信礼教"的"老实人"。这些自诩清高之士想要不问世俗，然而"完全超出于人世间的，也是没有的"，因为"诗文也是人事"。鲁迅先生指出知识分子一味在幻想中逃避现实的懦弱可悲，缺乏忧国忧民的社会责任感，以古讽今，批判的态度显而易见。

流氓的变迁

孔墨都不满于现状，要加以改革，但那第一步，是在说动人主，而那用以压服人主的家伙，则都是"天"。

孔子之徒为儒，墨子之徒为侠。"儒者，柔也"，当然不会危险的。惟侠老实，所以墨者的末流，至于以"死"为终极的目的。到后来，真老实的逐渐死完，止留下取巧的侠，汉的大侠，就已和公侯权贵相馈赠，以备危急时来作护符之用了。

司马迁说："儒以文乱法，而侠以武犯禁"，"乱"之和"犯"，决不是"叛"，不过闹点小乱子而已，而况有权贵如"五侯"者在。

"侠"字渐消，强盗起了，但也是侠之流，他们的旗帜是"替天行道"。他们所反对的是奸臣，不是天子，他们所打劫的是平民，不是将相。李逵劫法场时，抡起板斧来排头砍去，而所砍的是看客。一部《水浒》，说得很分明：因为不反对天子，所以大军一到，便受招安，替国家打别的强盗——不"替天行道"的强盗去了。终于是奴才。

满洲入关，中国渐被压服了，连有"侠气"的人，也不敢再起盗心，不敢指斥奸臣，不敢直接为天子效力，于是跟一个好官员或钦差大臣，给他保镖，替他捕盗，一部《施公案》，也说得很分明，还有《彭公案》，《七侠五义》之流，至今没有穷尽。他们出身清白，连先前也并无坏处，虽在钦差之下，究居平民之上，对一方面固然必须听命，对别方面还是大可逞雄，安全之度增多了，奴性也跟着加足。

然而为盗要被官兵所打，捕盗也要被强盗所打，要十分安全的侠客，是觉得都不妥当的，于是有流氓。和尚喝酒他来打，男女通奸他来捉，私娼私贩他来凌辱，为的是维持风化；乡下人不懂租界章程他来欺侮，为的是看不起无知；剪发女人他来嘲骂，社会改革者他来憎恶，为的是宝爱秩序。但后面是传统的靠山，对手又都非浩荡的强敌，他就在其间横行过去。现在的小说，还没有写出这一种典型的书，惟《九尾龟》中的章秋谷，以为他给妓女吃苦，是因为她要敲人们竹杠，所以给以惩罚之类的叙述，约略近之。

由现状再降下去，大概这一流人将成为文艺书中的主角了，我在等候"革命文学家"张资平"氏"的近作。

一九三〇年一月发表

简 析

鲁迅所批判的"流氓"，乃是欺压百姓，以封建传统为靠山，以洋人法规为秩序的帝国主义封建主义势力的走狗。他们以维护半殖民地半封建统治为目的，毫无高尚的信仰与原则，用暴力迫人屈服，完全消失了古时侠客的风范，只能谓之"流氓"。同样，那些毫无原则与信仰，依附于邪恶势力并为其叫嚣的无耻文人，也正是这种流氓习气的另一种表现形式，只不过他们将欺凌的工具由棍棒换作纸笔，更加隐蔽但危害更甚而已。

上海文艺之一瞥

——八月十二日在社会科学研究会讲

　　上海过去的文艺，开始的是《申报》。要讲《申报》，是必须追溯到六十年以前的，但这些事我不知道。我所能记得的，是三十年以前，那时的《申报》，还是用中国竹纸的，单面印，而在那里做文章的，则多是从别处跑来的"才子"。

　　那时的读书人，大概可以分他为两种，就是君子和才子。君子是只读四书五经，做八股，非常规矩的。而才子却此外还要看小说，例如《红楼梦》，还要做考试上用不着的古今体诗之类。这是说，才子是公开的看《红楼梦》的，但君子是否在背地里也看《红楼梦》，则我无从知道。有了上海的租界，——那时叫作"洋场"，也叫"夷场"，后来有怕犯讳的，便往往写作"彝场"——有些才子们便跑到上海来，因为才子是旷达的，那里都去；君子则对于外国人的东西总有点厌恶，而且正在想求正路的功名，所以决不轻易的乱跑。孔子曰，"道不行，乘桴浮于海"，从才子们看来，就是有点才子气的，所以君子们的行径，在才子就谓之"迂"。

　　才子原是多愁多病，要闻鸡生气，见月伤心的。一到上海，又遇见了婊子。去嫖的时候，可以叫十个二十个的年青姑娘聚集在一处，样子很有些像《红楼梦》，于是他就觉得自己好像贾宝玉；自己是才子，那么婊子当然是佳人，于是才子佳人的书就产生了。内容多半是，惟才子能怜这些风尘沦落的佳人，惟佳人能识坎轲不遇的才子，受尽千辛万苦之后，终于成了佳偶，或者是都成了神仙。

　　他们又帮申报馆印行些明清的小品书出售，自己也立文社，出灯谜，有入选的，就用这些书做赠品，所以那流通很广远。也有大部书，如《儒林外史》，《三宝太监西洋记》，《快心编》等。现在我们在旧书摊上，有时还看见第一页印有"上海申报馆仿聚珍板印"字样的小本子，那就都是的。

　　佳人才子的书盛行的好几年，后一辈的才子的心思就渐渐改变了。他们发见了佳人并非因为"爱才若渴"而做婊子的，佳人只为的是钱。然而佳人要才子的钱，是不应该的，才子于是想了种种制伏婊子的妙法，不但不上当，还占了她们的便宜，叙述这各种手段的小说就出现了，社会上也很风行，因为可以做嫖学教科书去读。这些书里面的主人公，不再是才子＋（加）呆子，而是在婊子那里得了胜利的英雄豪杰，是才子＋流氓。

　　在这之前，早已出现了一种画报，名目就叫《点石斋画报》，是吴友如主笔的，神仙人物，内外新闻，无所不画，但对于外国事情，他很不明白，例如画战舰罢，是一只商船，而舱面上摆着野战炮；画决斗则两个穿礼服的军人在客厅里拔长刀相击，至于将花瓶也打落跌碎。然而他画"老鸨虐妓"，"流氓拆梢"之类，却实在画得很好的，我想，这是因为他看得太多了的缘故；就是在现在，我们在上海也常常看到和他所画一般的脸孔。这画报的势力，当时是很大的，流行各省，算是要知道"时务"——这名称在那时就如现在之所谓"新学"——的人们的耳目。前几年又翻印了，叫作《吴友如墨宝》，而影响到后来也实在利害，小说上的绣像不必说了，就是在教科书的插画上，也常常看见所画的孩子大抵是歪戴帽，斜视眼，满脸横肉，一副流氓气。在现在，新的流氓画家又出了叶灵凤先生，叶先生的画是从英国的毕亚兹莱（Aubrey Beardsley）剥来的，毕亚兹莱是"为艺术的艺术"派，他的画极受日本的"浮世绘"（Ukiyoe）的影响。浮世绘虽是民间艺术，但所画的多是妓女和戏子，胖胖的身体，斜视的眼睛——Erotic（色情的）眼睛。不过毕亚兹莱画的人物却瘦瘦的，那是因为他是颓废派（Decadence）的缘故。颓废派的人们多是瘦削的，

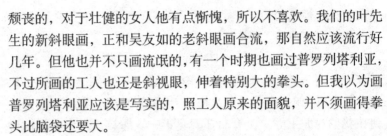

颓丧的，对于壮健的女人他有点惭愧，所以不喜欢。我们的叶先生的新斜眼画，正和吴友如的老斜眼画合流，那自然应该流行好几年。但他也并不只画流氓的，有一个时期也画过普罗列塔利亚，不过所画的工人也还是斜视眼，伸着特别大的拳头。但我以为画普罗列塔利亚应该是写实的，照工人原来的面貌，并不须画得拳头比脑袋还要大。

现在的中国电影，还在很受着这"才子＋流氓"式的影响，里面的英雄，作为"好人"的英雄，也都是油头滑脑的，和一些住惯了上海，晓得怎样"拆梢"，"揩油"，"吊膀子"的滑头少年一样。看了之后，令人觉得现在倘要做英雄，做好人，也必须是流氓。

才子＋流氓的小说，但也渐渐的衰退了。那原因，我想，一则因为总是这一套老调子——妓女要钱，嫖客用手段，原不会写不完的；二则因为所用的是苏白，如什么倪＝我，耐＝你，阿是＝是否之类，除了老上海和江浙的人们之外，谁也看不懂。

然而才子＋佳人的书，却又出了一本当时震动一时的小说，那就是从英文翻译过来的《迦茵小传》（H．R．Haggard：JoanHaste）。但只有上半本，据译者说，原本从旧书摊上得来，非常之好，可惜觅不到下册，无可奈何了。果然，这很打动了才子佳人们的芳心，流行得很广很广。后来还至于打动了林琴南先生，将全部译出，仍旧名为《迦茵小传》。而同时受了先译者的大骂，说他不该全译，使迦茵的价值降低，给读者以不快的。于是才知道先前之所以只有半部，实非原本残缺，乃是因为记着迦茵生了一个私生子，译者故意不译的。其实这样的一部并不很长的书，外国也不至于分印成两本。但是，即此一端，也很可以看出当时中国对于婚姻的见解了。

这时新的才子＋佳人小说便又流行起来，但佳人已是良家女子了，和才子相悦相恋，分拆不开，柳阴花下，像一对蝴蝶，一双鸳鸯一样，但有时因为严亲，或者因为薄命，也竟至于偶见悲剧的结局，不再都成神仙了，——这实在不能不说是一个大进步。到了近来是在制造兼可擦脸的牙粉了的天虚我生先生所编的月刊杂志《眉语》出现的时候，是这鸳鸯蝴蝶式文学的极盛时期。后来《眉语》虽遭禁止，势力却并不消退，直待《新青年》盛行起来，这才受了打击。这时有伊孛生的剧本的绍介和胡适之先生的《终身大事》的别一形式的出现，虽然并不是故意的，然而鸳鸯蝴蝶派作为命根的那婚姻问题，却也因此而诺拉（Nora）似的跑掉了。

这后来，就有新才子派的创造社的出现。创造社是尊贵天才的，为艺术而艺术的，专重自我的，崇创作，恶翻译，尤其憎恶重译的，与同时上海的文学研究会相对立。那出马的第一个广告上，说有人"垄断"着文坛，就是指着文学研究会。文学研究会却也正相反，是主张为人生的艺术的，是一面创作，一面也看重翻译的，是注意于绍介被压迫民族文学的，这些都是小国度，没有人懂得他们的文字，因此也几乎全都是重译的。并且因为曾经声援过《新青年》，新仇夹旧仇，所以文学研究会这时就受了三方面的攻击。一方面就是创造社，既然是天才的艺术，那么看那为人生的艺术的文学研究会自然就是多管闲事，不免有些"俗"气，而且还以为无能，所以倘被发见一处误译，有时竟至于特做一篇长长的专论。一方面是留学过美国的绅士派，他们以为文艺是专给老爷太太们看的，所以主角除老爷太太之外，只配有文人，学士，艺术家，教授，小姐等等，要会说 Yes，No，这才是绅士的庄严，那时吴宓先生就曾经发表过文章，说是真不懂为什么有些人竟喜欢描写下流社会。第三方面，则就是以前说过的鸳鸯蝴蝶派，我不知道他们用的是什么方法，到底使书店老板将编辑《小说月报》的一个文学研究会会员撤换，还出了《小说世界》，来流布他们的文章。这一种刊物，是到了去年才停刊的。

创造社的这一战，从表面看来，是胜利的。许多作品，既和当时的自命才子们的心情相合，加以出版者的帮助，势力雄厚起来了。势力一雄厚，就看见大商店如商务印书馆，也有创造社员的译著的出版，——这是说，郭沫若和张资平两位先生的稿件。这以来，据我所记得，是创造社也不再审查商务印书馆出版物的误译之处，来作专论了。这些地方，我想，是也有些才子＋流氓式的。然而，"新上海"是究竟敌不过"老上海"的，

创造社员在凯歌声中，终于觉到了自己就在做自己们的出版者的商品，种种努力，在老板看来，就等于眼镜铺大玻璃窗里纸人的眹眼，不过是"以广招徕"。待到希图独立出版的时候，老板就给吃了一场官司，虽然也终于独立，说是一切书籍，大加改订，另行印刷，从新开张了，然而旧老板却还是永远用了旧版子，只是印，卖，而且年年是什么纪念的大廉价。

商品固然是做不下去的，独立也活不下去。创造社的人们的去路，自然是在较有希望的"革命策源地"的广东。在广东，于是也有"革命文学"这名词的出现，然而并无什么作品，在上海，则并且还没有这名词。

到了前年，"革命文学"这名目这才旺盛起来了，主张的是从"革命策源地"回来的几个创造社元老和若干新份子。革命文学之所以旺盛起来，自然是因为由于社会的背景，一般群众，青年有了这样的要求。当从广东开始北伐的时候，一般积极的青年都跑到实际工作去了，那时还没有什么显著的革命文学运动，到了政治环境突然改变，革命遭了挫折，阶级的分化非常显明，国民党以"清党"之名，大戮共产党及革命群众，而死剩的青年们再入于被迫压的境遇，于是革命文学在上海这才有了强烈的活动。所以这革命文学的旺盛起来，在表面上和别国不同，并非由于革命的高扬，而是因为革命的挫折；虽然其中也有些是旧文人解下指挥刀来重理笔墨的旧业，有些是几个青年被从实际工作排出，只好借此谋生，但因为实在具有社会的基础，所以在新份子里，是很有极坚实正确的人存在的。但那时的革命文学运动，据我的意见，是未经好好的计划，很有些错误之处的。例如，第一，他们对于中国社会，未曾加以细密的分析，便将在苏维埃政权之下才能动用的方法，来机械的地运用了。再则他们，尤其是成仿吾先生，将革命使一般人理解为非常可怕的事，摆着一种极左倾的凶恶的面貌，好似革命一到，一切非革命者就都得死，令人对革命只抱着恐怖。其实革命是并非教人死而是教人活的。这种令人"知道点革命的厉害"，只图自己说得畅快的态度，也还是中了才子＋流氓的毒。

激烈得快的，也平和得快，甚至于也颓废得快。倘在文人，

他总有一番辩护自己的变化的理由，引经据典。譬如说，要人帮忙时候用克鲁巴金的互助论，要和人争闹的时候就用达尔文的生存竞争说。无论古今，凡是没有一定的理论，或主张的变化并无线索可寻，而随时拿了各种各派的理论来作武器的人，都可以称之为流氓。例如上海的流氓，看见一男一女的乡下人在走路，他就说，"喂，你们这样子，有伤风化，你们犯了法了！"他用的是中国法。倘看见一个乡下人在路旁小便呢，他就说，"喂，这是不准的，你犯了法，该捉到捕房去！"这时所用的又是外国法。但结果是无所谓法不法，只要被他敲去了几个钱就都完事。

在中国，去年的革命文学者和前年很有点不同了。这固然由于境遇的改变，但有些"革命文学者"的本身里，还藏着容易犯到的病根。"革命"和"文学"，若断若续，好像两只靠近的船，一只是"革命"，一只是"文学"，而作者的每一只脚就站在每一只船上面。当环境较好的时候，作者就在革命这一只船上踏得重一点，分明是革命者，待到革命一被压迫，则在文学的船上踏得重一点，他变了不过是文学家了。所以前年的主张十分激烈，以为凡非革命文学，统得扫荡的人，去年却记得了列宁爱看冈却罗夫（I. A. Gontcharov）的作品的故事，觉得非革命文学，意义倒也十分深长；还有最彻底的革命文学家叶灵凤先生，他描写革命家，彻底到每次上茅厕时候都用我的《呐喊》去揩屁股，现在却竟会莫名其妙的跟在所谓民族主义文学家屁股后面了。

类似的例，还可以举出向培良先生来。在革命渐渐高扬的时候，他是很革命的；他在先前，还曾经说，青年人不但嗥叫，还要露出狼牙来。这自然也不坏，但也应该小心，因为狼是狗的祖宗，一到被人驯服的时候，是就要变而为狗的。向培良先生现在在提倡人类的艺术了，他反对有阶级的艺术的存在，而在人类中分出好人和坏人来，这艺术是"好坏斗争"的武器。狗也是将人分为两种的，豢养它的主人之类是好人，别的穷人和乞丐在它的眼里就是坏人，不是叫，便是咬。然而这也还不算坏，因为究竟还有一点野性，如果再一变而为吧儿狗，好像不管闲事，而其实在给主子尽职，那就正如现在的自称不问俗

129

事的为艺术而艺术的名人们一样，只好去点缀大学教室了。

这样的翻着筋斗的小资产阶级，即使是在做革命文学家，写着革命文学的时候，也最容易将革命写歪；写歪了，反于革命有害，所以他们的转变，是毫不足惜的。当革命文学的运动勃兴时，许多小资产阶级的文学家忽然变过来了，那时用来解释这现象的，是突变之说。但我们知道，所谓突变者，是说 A 要变 B，几个条件已经完备，而独缺其一的时候，这一个条件一出现，于是就变成了 B。譬如水的结冰，温度须到零点，同时又须有空气的振动，倘没有这，则即便到了零点，也还是不结冰，这时空气一振动，这才突变而为冰了。所以外面虽然好像突变，其实是并非突然的事。倘没有应具的条件的，那就是即使自说已变，实际上却并没有变，所以有些忽然一天晚上自称突变过来的小资产阶级革命文学家，不久就又突变回去了。

去年左翼作家联盟在上海的成立，是一件重要的事实。因为这时已经输入了蒲力汗诺夫，卢那卡尔斯基等的理论，给大家能够互相切磋，更加坚实而有力，但也正因为更加坚实而有力了，就受到世界上古今所少有的压迫和摧残，因为有了这样的压迫和摧残，就使那时以为左翼文学将大出风头，作家就要吃劳动者供献上来的黄油面包了的所谓革命文学家立刻现出原形，有的写悔过书，有的是反转来攻击左联，以显出他今年的见识又进了一步。这虽然并非左联直接的自动，然而也是一种扫荡，这些作者，是无论变与不变，总写不出好的作品来的。

但现存的左翼作家，能写出好的无产阶级文学来么？我想，也很难。这是因为现在的左翼作家还都是读书人——智识阶级，他们要写出革命的实际来，是很不容易的缘故。日本的厨川白村（H. Kuriyagawa）曾经提出过一个问题，说：作家之所描写，必得是自己经验过的么？他自答道，不必，因为他能够体察。所以要写偷，他不必亲自去做贼，要写通奸，他不必亲自去私通。但我以为这是因为作家生长在旧社会里，熟悉了旧社会的情形，看惯了旧社会的人物的缘故，所以他能够体察；对于和他向来没有关系的无产阶级的情形和人物，他就会无能，或者弄成错误的描写了。所以革命文学家，至少是必须和革命共同着生命，或深切地感受着革命的脉搏的。（最近左联的提出了"作家的无产阶级化"的口号，就是对于这一点的很正确的理解。）

在现在中国这样的社会中，最容易希望出现的，是反叛的小资产阶级的反抗的，或暴露的作品。因为他生长在这正在灭亡着的阶级中，所以他有甚深的了解，甚大的憎恶，而向这刺下去的刀也最为致命与有力。固然，有些貌似革命的作品，也并非要将本阶级或资产阶级推翻，倒在憎恨或失望于他们的不能改良，不能较长久的保持地位，所以从无产阶级的见地看来，不过是"兄弟阋于墙"，两方一样是敌对。但是，那结果，却也能在革命的潮流中，成为一粒泡沫的。对于这些的作品，我以为实在无须称之为无产阶级文学，作者也无须为了将来的名誉起见，自称为无产阶级的作家的。

但是，虽是仅仅攻击旧社会的作品，倘若知不清缺点，看不透病根，也就于革命有害，但可惜的是现在的作家，连革命的作家和批评家，也往往不能，或不敢正视现社会，知道它的底细，尤其是认为敌人的底细。随手举一个例罢，先前的《列宁青年》上，有一篇评论中国文学界的文章，将这分为三派，首先是创造社，作为无产阶级文学派，讲得很长，其次是语丝社，作为小资产阶级文学派，可就说得短了，第三是新月社，作为资产阶级文学派，却说得更短，到不了一页。这就在表明：这位青年批评家对于愈认为敌人的，就愈是无话可说，也就是愈没有细看。自然，我们看书，倘看反对的东西，总不如看同派的东西的舒服，爽快，有益；但倘是一个战斗者，我以为，在了解革命和敌人上，倒是必须更多的去解剖当面的敌人的。要写文学作品也一样，不但应该知道革命的实际，也必须深知敌人的情形，现在的各方面的状况，再去断定革命的前途。惟有明白旧的，看到新的，了解过去，推断将来，我们的文学的发展才有希望。我想，这是在现在环境下的作家，只要努力，还可以做得到的。

在现在，如先前所说，文艺是在受着少有的压迫与摧残，广泛地现出了饥馑状态。文艺不但是革命的，连那略带些不平色彩的，不但是指摘现状的，连那些攻击旧来积弊的，也往往

就受迫害。这情形，即在说明至今为止的统治阶级的革命，不过是争夺一把旧椅子。去推的时候，好像这椅子很可恨，一夺到手，就又觉得是宝贝了，而同时也自觉了自己正和这"旧的"一气。二十多年前，都说朱元璋（明太祖）是民族的革命者，其实是并不然的，他做了皇帝以后，称蒙古朝为"大元"，杀汉人比蒙古人还利害。奴才做了主人，是决不肯废去"老爷"的称呼的，他的摆架子，恐怕比他的主人还十足，还可笑。这正如上海的工人赚了几文钱，开起小小的工厂来，对付工人反而凶到绝顶一样。

在一部旧的笔记小说——我忘了它的书名了——上，曾经载有一个故事，说明朝有一个武官叫说书人讲故事，他便对他讲檀道济——晋朝的一个将军，讲完之后，那武官就吩咐打说书人一顿，人问他什么缘故，他说道："他既然对我讲檀道济，那么，对檀道济是一定去讲我的了。"现在的统治者也神经衰弱到像这武官一样，什么他都怕，因而在出版界上也布置了比先前更进步的流氓，令人看不出流氓的形式而却用着更厉害的流氓手段：用广告，用诬陷，用恐吓；甚至于有几个文学者还拜了流氓做老子，以图得到安稳和利益。因此革命的文学者，就不但应该留心迎面的敌人，还必须防备自己一面的三翻四复的暗探了，较之简单地用着文艺的斗争，就非常费力，而因此也就影响到文艺上面来。

现在上海虽然还出版着一大堆的所谓文艺杂志，其实却等于空虚。以营业为目的的书店所出的东西，因为怕遭殃，就竭力选些不关痛痒的文章，如说"命固不可以不革，而亦不可以太革"之类，那特色是在令人从头看到末尾，终于等于不看。至于官办的，或对官场去凑趣的杂志呢，作者又都是乌合之众，共同的目的只在捞几文稿费，什么"英国维多利亚朝的文学"呀，"论刘易士得到诺贝尔奖金"呀，连自己也并不相信所发的议论，连自己也并不看重所做的文章。所以，我说，现在上海所出的文艺杂志都等于空虚，革命者的文艺固然被压迫了，而压迫者所办的文艺杂志上也没有什么文艺可见。然而，压迫者当真没有文艺么？有是有的，不过并非这些，而是通电，告示，新闻，

民族主义的"文学"，法官的判词等。例如前几天，《申报》上就记着一个女人控诉她的丈夫强迫鸡奸并殴打得皮肤上成了青伤的事，而法官的判词却道，法律上并无禁止丈夫鸡奸妻子的明文，而皮肤打得发青，也并不算毁损了生理的机能，所以那控诉就不能成立。现在是那男人反在控诉他的女人的"诬告"了。法律我不知道，至于生理学，却学过一点，皮肤被打得发青，肺，肝，或肠胃的生理的机能固然不至于毁损，然而发青之处的皮肤的生理的机能却是毁损了的。这在中国的现在，虽然常常遇见，不算什么稀奇事，但我以为这就已经能够很明白的知道社会上的一部分现象，胜于一篇平凡的小说或长诗了。

除以上所说之外，那所谓民族主义文学，和闹得已经很久了的武侠小说之类，是也还应该详细解剖的。但现在时间已经不够，只得待将来有机会再讲了。今天就这样为止罢。

一九三一年七月二十日

🎵 简析

虽是"一瞥"，却足以让我们窥见当时上海文坛那虚假繁荣的景象。文学无论是打着"为艺术而艺术"的旗帜，还是喊着"为人生而艺术"的口号，都无法掩饰所谓的"知识分子"、"革命者"为文的真正意图。他们或是出于政治目的，或是为了几个稿费，言不由衷，行为媚俗。这一切，无不让他痛心疾首，为国民担忧，而这痛与忧，又借着鲁迅那犀利幽默的笔调传递给每位读者，撼动着他们的心灵，同时，也使得读者不禁掩卷思索：什么才是真正的文学？

辱骂和恐吓决不是战斗

——致《文学月报》编辑的一封信

起应兄：

前天收到《文学月报》第四期，看了一下。我所觉得不足的，并非因为它不及别种杂志的五花八门，乃是总还不能比先前充实。但这回提出了几位新的作家来，是极好的，作品的好坏我且不论，最近几年的刊物上，倘不是姓名曾经排印过了的作家，就很有不能登载的趋势，这么下去，新的作者要没有发表作品的机会了。现在打破了这局面，虽然不过是一种月刊的一期，但究竟也扫去一些沉闷，所以我以为是一种好事情。但是，我对于芸生先生的一篇诗，却非常失望。

这诗，一目了然，是看了前一期的别德纳衣的讽刺诗而作的，然而我们来比一比罢，别德纳衣的诗虽然自认为"恶毒"，但其中最甚的也不过是笑骂。这诗怎么样？有辱骂，有恐吓，还有无聊的攻击：其实是大可以不必作的。

例如罢，开首就是对于姓的开玩笑。一个作者自取的别名，自然可以窥见他的思想，譬如"铁血"，"病鹃"之类，固不妨由此开一点小玩笑。但姓氏籍贯，却不能决定本人的功罪，因为这是从上代传下来的，不能由他自由。我说这话还在四年之前，当时曾有人评我为"封建余孽"，其实是捧住了这样的题材，欣欣然自以为得计者，倒是十分"封建的"的。不过这种风气，近几年颇少见了，不料现在竟又复活起来，这确不能不说是一个退步。

尤其不堪的是结末的辱骂。现在有些作品，往往并非必要而偏在对话里写上许多骂语去，好像以为非此便不是无产者作品，骂詈愈多，就愈是无产者作品似的。其实好的工农之中，并不随口骂人的多得很，作者不应该将上海流氓的行为，涂在他们身上的。即使有喜欢骂人的无产者，也只是一种坏脾气，作者应该由文艺加以纠正，万不可再来展开，使将来的无阶级社会中，一言不合，便祖宗三代的闹得不可开交。况且即是笔战，就也如别的兵战或拳斗一样，不妨伺隙乘虚，以一击制敌人的死命，如果一味鼓噪，已是《三国志演义》式战法，至于骂一句爹娘，扬长而去，还自以为胜利，那简直是"阿Q"式的战法了。

接着又是什么"剖西瓜"之类的恐吓，这也是极不对的，我想。无产者的革命，乃是为了自己的解放和消灭阶级，并非因为要杀人，即使是正面的敌人，倘不死于战场，就有大众的裁判，决不是一个诗人所能提笔判定生死的。现在虽然很有什么"杀人放火"的传闻，但这只是一种诬陷。中国的报纸上看不出实话，然而只要一看别国的例子也就可以恍然：德国的无产阶级革命（虽然没有成功），并没有乱杀人；德国不是连皇帝的宫殿都没有烧掉么？而我们的作者，却将革命的工农用笔涂成一个吓人的鬼脸，由我看来，真是卤莽之极了。

自然，中国历来的文坛上，常见的是诬陷，造谣，恐吓，辱骂，翻一翻大部的历史，就往往可以遇见这样的文章，直到现在，还在应用，而且更加厉害。但我想，这一份遗产，还是都让给叭儿狗文艺家去承受罢，我们的作者倘不竭力的抛弃了它，是会和他们成为"一丘之貉"的。

不过我并非主张要对敌人陪笑脸，三鞠躬。我只是说，战斗的作者应该注重于"论争"；倘在诗人，则因为情不可遏而愤怒，而笑骂，自然也无不可。但必须止于嘲笑，止于热骂，而且要"喜笑怒骂，皆成文章"，使敌人因此受伤或致死，而自己并无卑劣的行为，观者也不以为污秽，这才是战斗的作者的本领。

刚才想到了以上的一些，便写出寄上，也许于编辑上可供参考。总之，我是极希望此后的《文学月报》上不再有那样的作品的。

　　专此布达，并问

好。

鲁迅　十二月十日

简　析

　　鲁迅先生之所以被誉为中国一位伟大的思想家、革命家，不仅在于他的思想精神始终闪烁着坚韧不拔的斗争光芒，也因为他以开阔的胸襟，高超的见识，为中国革命找到正确的道路做出了卓越的贡献。他在长期的斗争实践中总结出"辱骂和恐吓决不是战斗"，既是"笔战"，就应重在"论争"，运用语言武器一针见血地指向敌人的要害。一味地谩骂，只能谓之语言暴力，反而是最拙劣与无力的手段。鲁迅是这样说的，也同样身体力行，真正做到了"嬉笑怒骂，皆成文章"，既有力地打击了敌人，又丝毫未损自己的高尚品格。我们今天作文做人，仍应以为借鉴。

为了忘却的记念

一

我早已想写一点文字，来记念几个青年的作家。这并非为了别的，只因为两年以来，悲愤总时时来袭击我的心，至今没有停止，我很想借此算是竦身一摇，将悲哀摆脱，给自己轻松一下，照直说，就是我倒要将他们忘却了。

两年前的此时，即一九三一年的二月七日夜或八日晨，是我们的五个青年作家同时遇害的时候。当时上海的报章都不敢载这件事，或者也许是不愿，或不屑载这件事，只在《文艺新闻》上有一点隐约其辞的文章。那第十一期（五月二十五日）里，有一篇林莽先生作的《白莽印象记》，中间说：

> "他做了好些诗，又译过匈牙利诗人彼得斐的几首诗，当时的《奔流》的编辑者鲁迅接到了他的投稿，便来信要和他会面，但他却是不愿见名人的人，结果是鲁迅自己跑来找他，竭力鼓励他作文学的工作，但他终于不能坐在亭子间里写，又去跑他的路了。不久，他又一次的被了捕。……"

这里所说的我们的事情其实是不确的。白莽并没有这么高慢，他曾经到过我的寓所来，但也不是因为我要求和他会面；我也没有这么高慢，对于一位素不相识的投稿者，会轻率的写

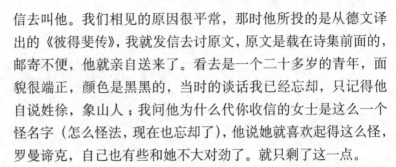
信去叫他。我们相见的原因很平常，那时他所投的是从德文译出的《彼得斐传》，我就发信去讨原文，原文是载在诗集前面的，邮寄不便，他就亲自送来了。看去是一个二十多岁的青年，面貌很端正，颜色是黑黑的，当时的谈话我已经忘却，只记得他自说姓徐，象山人；我问他为什么代你收信的女士是这么一个怪名字（怎么怪法，现在也忘却了），他说她就喜欢起得这么怪，罗曼谛克，自己也有些和她不大对劲了。就只剩了这一点。

夜里，我将译文和原文粗粗的对了一遍，知道除几处误译之外，还有一个故意的曲译。他像是不喜欢"国民诗人"这个字的，都改成"民众诗人"了。第二天又接到他一封来信，说很悔和我相见，他的话多，我的话少，又冷，好像受了一种威压似的。我便写一封回信去解释，说初次相会，说话不多，也是人之常情，并且告诉他不应该由自己的爱憎，将原文改变。因为他的原书留在我这里了，就将我所藏的两本集子送给他，问他可能再译几首诗，以供读者的参看。他果然译了几首，自己拿来了，我们就谈得比第一回多一些。这传和诗，后来就都登在《奔流》第二卷第五本，即最末的一本里。

我们第三次相见，我记得是在一个热天。有人打门了，我去开门时，来的就是白莽，却穿着一件厚棉袍，汗流满面，彼此都不禁失笑。这时他才告诉我他是一个革命者，刚由被捕而释出，衣服和书籍全被没收了，连我送他的那两本；身上的袍子是从朋友那里借来的，没有夹衫，而必须穿长衣，所以只好这么出汗。我想，这大约就是林莽先生说的"又一次的被了捕"的那一次了。

我很欣幸他的得释，就赶紧付给稿费，使他可以买一件夹衫，但一面又很为我的那两本书痛惜：落在捕房的手里，真是明珠投暗了。那两本书，原是极平常的，一本散文，一本诗集，据德文译者说，这是他搜集起来的，虽在匈牙利本国，也还没有这么完全的本子，然而印在《莱克朗氏万有文库》（Reclam's Univer-sal-Bibliothek）中，倘在德国，就随处可得，也值不到一元钱。不过在我是一种宝贝，因为这是三十年前，正当我热爱彼得斐的时候，特地托丸善书店从德国去买来的，那时还恐怕因为书极便宜，店员不肯经手，开口时非常惴惴。后来大抵带在身边，只是情随事迁，已没有翻译的意思了，这回便决计送给这也如我的那时一样，热爱彼得斐的诗的青年，算是给它寻得了一个好着落。所以还郑重其事，托柔石亲自送去的。谁料竟会落在"三道头"之类的手里的呢，这岂不冤枉！

二

　　我的决不邀投稿者相见，其实也并不完全因为谦虚，其中含着省事的分子也不少。由于历来的经验，我知道青年们，尤其是文学青年们，十之九是感觉很敏，自尊心也很旺盛的，一不小心，极容易得到误解，所以倒是故意回避的时候多。见面尚且怕，更不必说敢有托付了。但那时我在上海，也有一个惟一的不但敢于随便谈笑，而且还敢于托他办点私事的人，那就是送书去给白莽的柔石。

　　我和柔石最初的相见，不知道是何时，在那里，他仿佛说过，曾在北京听过我的讲义，那么，当在八九年之前了。我也忘记了在上海怎么来往起来，总之，他那时住在景云里，离我的寓所不过四五家门面，不知怎么一来，就来往起来了。大约最初的一回他就告诉我是姓赵，名平复。但他又曾谈起他家乡的豪绅的气焰之盛，说是有一个绅士，以为他的名字好，要给儿子用，叫他不要用这名字了。所以我疑心他的原名是"平福"，平稳而有福，才正中乡绅的意，对于"复"字却未必有这么热心。他的家乡，是台州的宁海，这只要一看他那台州式的硬气就知道，而且颇有点迂，有时会令我忽而想到方孝孺，觉得好像也有些这模样的。

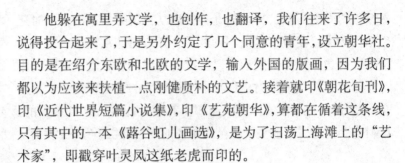

他躲在寓里弄文学，也创作，也翻译，我们往来了许多日，说得投合起来了，于是另外约定了几个同意的青年，设立朝华社。目的是在绍介东欧和北欧的文学，输入外国的版画，因为我们都以为应该来扶植一点刚健质朴的文艺。接着就印《朝花旬刊》，印《近代世界短篇小说集》，印《艺苑朝华》，算都在循着这条线，只有其中的一本《蕗谷虹儿画选》，是为了扫荡上海滩上的"艺术家"，即戳穿叶灵凤这纸老虎而印的。

然而柔石自己没有钱，他借了二百多块钱来做印本。除买纸之外，大部分的稿子和杂务都是归他做，如跑印刷局，制图，校字之类。可是往往不如意，说起来皱着眉头。看他旧作品，都很有悲观的气息，但实际上并不然，他相信人们是好的。我有时谈到人会怎样的骗人，怎样的卖友，怎样的吮血，他就前额亮晶晶的，惊疑地圆睁了近视的眼睛，抗议道，"会这样的么？——不至于此罢？……"

不过朝花社不久就倒闭了，我也不想说清其中的原因，总之是柔石的理想的头，先碰了一个大钉子，力气固然白化，此外还得去借一百块钱来付纸账。后来他对于我那"人心惟危"说的怀疑减少了，有时也叹息道，"真会这样的么？……"但是，他仍然相信人们是好的。

他于是一面将自己所应得的朝花社的残书送到明日书店和光华书局去，希望还能够收回几文钱，一面就拚命的译书，准备还借款，这就是卖给商务印书馆的《丹麦短篇小说集》和戈理基作的长篇小说《阿尔泰莫诺夫之事业》。但我想，这些译稿，也许去年已被兵火烧掉了。

他的迂渐渐的改变起来，终于也敢和女性的同乡或朋友一同去走路了，但那距离，却至少总有三四尺的。这方法很不好，有时我在路上遇见他，只要在相距三四尺前后或左右有一个年青漂亮的女人，我便会疑心就是他的朋友。但他和我一同走路的时候，可就走得近了，简直是扶住我，因为怕我被汽车或电车撞死；我这面也为他近视而又要照顾别人担心，大家都苍皇失措的愁一路，所以倘不是万不得已，我是不大和他一同出去的，我实在看得他吃力，因而自己也吃力。

无论从旧道德，从新道德，只要是损己利人的，他就挑选上，自己背起来。

他终于决定地改变了，有一回，曾经明白的告诉我，此后应该转换作品的内容和形式。我说：这怕难罢，譬如使惯了刀的，这回要他耍棍，怎么能行呢？他简洁的答道：只要学起来！

他说的并不是空话，真也在从新学起来了，其时他曾经带了一个朋友来访我，那就是冯铿女士。谈了一些天，我对于她终于很隔膜，我疑心她有点罗曼谛克，急于事功；我又疑心柔石的近来要做大部的小说，是发源于她的主张的。但我又疑心我自己，也许是柔石的先前的斩钉截铁的回答，正中了我那其实是偷懒的主张的伤疤，所以不自觉地迁怒到她身上去了。——我其实也并不比我所怕见的神经过敏而自尊的文学青年高明。

她的体质是弱的，也并不美丽。

三

直到左翼作家联盟成立之后，我才知道我所认识的白莽，就是在《拓荒者》上做诗的殷夫。有一次大会时，我便带了一本德译的，一个美国的新闻记者所做的中国游记去送他，这不过以为他可以由此练习德文，另外并无深意。然而他没有来。我只得又托了柔石。

但不久，他们竟一同被捕，我的那一本书，又被没收，落在"三道头"之类的手里了。

四

明日书店要出一种期刊，请柔石去做编辑，他答应了；书

店还想印我的译著，托他来问版税的办法，我便将我和北新书局所订的合同，抄了一份交给他，他向衣袋里一塞，匆匆的走了。其时是一九三一年一月十六日的夜间，而不料这一去，竟就是我和他相见的末一回，竟就是我们的永诀。

第二天，他就在一个会场上被捕了，衣袋里还藏着我那印书的合同，听说官厅因此正在找寻我。印书的合同，是明明白白的，但我不愿意到那些不明不白的地方去辩解。记得《说岳全传》里讲过一个高僧，当追捕的差役刚到寺门之前，他就"坐化"了，还留下什么"何立从东来，我向西方走"的偈子。这是奴隶所幻想的脱离苦海的惟一的好方法，"剑侠"盼不到，最自在的惟此而已。我不是高僧，没有涅槃的自由，却还有生之留恋，我于是就逃走。

这一夜，我烧掉了朋友们的旧信札，就和女人抱着孩子走在一个客栈里。不几天，即听到外面纷纷传我被捕，或是被杀了，柔石的消息却很少。有的说，他曾经被巡捕带到明日书店里，问是否是编辑；有的说，他曾经被巡捕带往北新书局去，问是否是柔石，手上上了铐，可见案情是重的。但怎样的案情，却谁也不明白。

他在囚系中，我见过两次他写给同乡的信，第一回是这样的——

　　我与三十五位同犯（七个女的）于昨日到龙华。并于昨夜上了镣，开政治犯从未上镣之纪录。此案累及太大，我一时恐难出狱，书店事望兄为我代办之。现亦好，且跟殷夫兄学德文，此事可告周先生；望周先生勿念，我等未受刑。捕房和公安局，几次问周先生地址，但我那里知道。诸望勿念。祝好！

　　　　　　　　　　　　　　　赵少雄　一月二十四日

以上正面。

> 洋铁饭碗，要二三只
> 如不能见面，可将东西
> 望转交赵少雄

以上背面。

他的心情并未改变，想学德文，更加努力；也仍在记念我，像在马路上行走时候一般。但他信里有些话是错误的，政治犯而上镣，并非从他们开始，但他向来看得官场还太高，以为文明至今，到他们才开始了严酷。其实是不然的。果然，第二封信就很不同，措词非常惨苦，且说冯女士的面目都浮肿了，可惜我没有抄下这封信。其时传说也更加纷繁，说他可以赎出的也有，说他已经解往南京的也有，毫无确信；而用函电来探问我的消息的也多起来，连母亲在北京也急得生病了，我只得一一发信去更正，这样的大约有二十天。

天气愈冷了，我不知道柔石在那里有被褥不？我们是有的。洋铁碗可曾收到了没有？……但忽然得到一个可靠的消息，说柔石和其他二十三人，已于二月七日夜或八日晨，在龙华警备司令部被枪毙了，他的身上中了十弹。

原来如此！……

在一个深夜里，我站在客栈的院子中，周围是堆着的破烂的什物；人们都睡觉了，连我的女人和孩子。我沉重的感到我失掉了很好的朋友，中国失掉了很好的青年，我在悲愤中沉静下去了，然而积习却从沉静中抬起头来，凑成了这样的几句：

> 惯于长夜过春时，挈妇将雏鬓有丝。
> 梦里依稀慈母泪，城头变幻大王旗。
> 忍看朋辈成新鬼，怒向刀丛觅小诗。
> 吟罢低眉无写处，月光如水照缁衣。

但末二句，后为不确了，我终于将这写给了一个日本的歌人。可是在中国，那时是确无写处的，禁锢得比罐头还严密。

我记得柔石在年底曾回故乡，住了好些时，到上海后很受朋友的责备。他悲愤的对我说，他的母亲双眼已经失明了，要他多住几天，他怎么能够就走呢？我知道这失明的母亲的眷眷的心，柔石的拳拳的心。当《北斗》创刊时，我就想写一点关于柔石的文章，然而不能够，只得选了一幅珂勒惠支(Käthe Kollwitz) 夫人的木刻，名曰《牺牲》，是一个母亲悲哀地献出她的儿子去的，算是只有我一个人心里知道的柔石的记念。

同时被难的四个青年文学家之中，李伟森我没有会见过，胡也频在上海也只见过一次面，谈了几句天。较熟的要算白莽，即殷夫了，他曾经和我通过信，投过稿，但现在寻起来，一无所得，想必是十七那夜统统烧掉了，那时我还没有知道被捕的也有白莽。然而那本《彼得斐诗集》却在的，翻了一遍，也没有什么，只在一首《Wahlspruch》(格言)的旁边，有钢笔写的四行译文道：

> 生命诚宝贵，
>
> 爱情价更高；
>
> 若为自由故，
>
> 二者皆可抛！

又在第二页上，写着"徐培根"三个字，我疑心这是他的真姓名。

五

前年的今日，我避在客栈里，他们却是走向刑场了；去年的今日，我在炮声中逃在英租界，他们则早已埋在不知那里的地下了；今年的今日，我才坐在旧寓里，人们都睡觉了，连我的女人和孩子。我又沉重的感到我失掉了很好的朋友，中国失掉了很好的青年，我在悲愤中沉静下去了，不料积习又从沉静中抬起头来，写下了以上那些字。

要写下去，在中国的现在，还是没有写处的。年青时读向子期《思旧赋》，很怪他为什么只有寥寥的几行，刚开头却又煞了尾。然而，现在我懂得了。

不是年青的为年老的写记念，而在这三十年中，却使我目睹许多青年的血，层层淤积起来，将我埋得不能呼吸，我只能用这样的笔墨，写几句文章，算是从泥土中挖一个小孔，自己延口残喘，这是怎样的世界呢。夜正长，路也正长，我不如忘却，不说的好罢。但我知道，即使不是我，将来总会有记起他们，再说他们的时候的。……

一九三三年二月七——八日

简析

本文是鲁迅先生为纪念遇害的"左联五烈士"所作的追忆之文，运用记叙、议论、抒情相结合的手法，歌颂了死难战友的高尚情操。文中突出描写了与鲁迅交往甚密的挚友柔石，为我们展现了一个具有进步思想的文艺工作者善良正直，而又勤奋单纯的真实形象，比完全被拔高美化的形象更能激起读者们的共鸣，让我们情不自禁地感受到烈士们的可亲可敬，也让我们更加痛恨残害他们年轻的生命的反动派。鲁迅多次运用反复排比的艺术手法表现了对战友的深情缅怀，增强了文章的感染力。

从讽刺到幽默

讽刺家，是危险的。

假使他所讽刺的是不识字者，被杀戮者，被囚禁者，被压迫者罢，那很好，正可给读他文章的所谓有教育的智识者嘻嘻一笑，更觉得自己的勇敢和高明。然而现今的讽刺家之所以为讽刺家，却正在讽刺这一流所谓有教育的智识者社会。

因为所讽刺的是这一流社会，其中的各分子便各各觉得好像刺着了自己，就一个个的暗暗的迎出来，又用了他们的讽刺，想来刺死这讽刺者。

最先是说他冷嘲，渐渐的又七嘴八舌的说他谩骂，俏皮话，刻毒，可恶，学匪，绍兴师爷，等等，等等。然而讽刺社会的讽刺，却往往仍然会"悠久得惊人"的，即使捧出了做过和尚的洋人或专办了小报来打击，也还是没有效，这怎不气死人也么哥呢！

枢纽是在这里：他所讽刺的是社会，社会不变，这讽刺就跟着存在，而你所刺的是他个人，他的讽刺倘存在，你的讽刺就落空了。

所以，要打倒这样的可恶的讽刺家，只好来改变社会。

然而社会讽刺家究竟是危险的，尤其是在有些"文学家"明明暗暗的成了"王之爪牙"的时代。人们谁高兴做"文字狱"中的主角呢，但倘不死绝，肚子里总还有半口闷气，要借着笑的幌子，哈哈的吐他出来。笑笑既不至于得罪别人，现在的法律上也尚无国民必须哭丧着脸的规定，并非"非法"，盖可断言的。

我想：这便是去年以来，文字上流行了"幽默"的原因，但其中单是"为笑笑而笑笑"的自然也不少。

然而这情形恐怕是过不长久的。"幽默"既非国产，中国人也不是长于"幽默"的人民，而现在又实在是难以幽默的时候。于是虽幽默也就免不了改变样子了，非倾于对社会的讽刺，即堕入传统的"说笑话"和"讨便宜"。

一九三三年三月二日

简 析

这篇短小的杂文收于《伪自由书》。当时的中国可谓内忧外患，许多文人尚在为帝国主义及各种反动势力摇旗呐喊，并指斥鲁迅专爱"讽刺"。针对这种情况，鲁迅提出"社会不变，这讽刺就跟着存在"。其时不少文人或自私自利、或怯懦麻木，不敢关注社会现实，只好拿起"幽默"的幌子，"说笑话"、"讨便宜"，为黑暗统治粉饰太平，这更加助长了反动统治者的气焰。鲁迅正是借助讽刺的力量，针砭时弊，将各种阴暗丑陋暴露于日光下，使其无所遁形。斗转星移，当年那些"幽默"者早已烟消云散、不留痕迹，惟有犀利讽刺者依旧光芒璀璨。

图书在版编目（CIP）数据

鲁迅散文·杂文/鲁迅著;高长春主编.——长春:
吉林文史出版社,2006.06（2023.9重印）
（名家精品阅读）
ISBN 978-7-80702-418-7

Ⅰ.①鲁… Ⅱ.①鲁…②高… Ⅲ.①鲁迅散文－选集
②鲁迅杂文－选集 Ⅳ.①I210.4

中国版本图书馆CIP数据核字（2006）第044955号

名家精品阅读

鲁迅散文·杂文

LUXUN SANWEN ZAWEN

作者/鲁迅　主编/高长春

选题策划/周海英　责任编辑/陈春燕

责任校对/李洁华　封面设计/新华智品

出版发行/吉林出版集团　吉林文史出版社

地址/长春市人民大街4646号　邮编/130021

电话/0431—86037507

网址/www.jlws.com.cn

印刷/北京一鑫印务有限责任公司

版次/2006年6月第1版　2023年9月第6次印刷

开本/720mm×1000mm　1/16

印张/10　字数/200千字

书号/ISBN 978-7-80702-418-7

定价/45.00元